Bisher von Don Both erschienen:

Immer wieder samstags

Immer wieder samstags – reloaded

Immer wieder Verführung

Immer wieder Verführung – the End

Immer wieder Sehnsucht – Philip & Katharina

The Tower – Mad Love

The Tower – Bad love

Corvo – Spiel der Liebe

Dark Demand

Unzähmbar – Liebe ohne Hard Limits

Don Both

Immer wieder

Tristan & Mia

A.P.P.

Deutsche Erstausgabe Juli 2015

Kontakt: bethy86@hotmail.de
https://www.facebook.com/pages/DonBoth/24889
1035138778
Lektorat: Belle Molina
Korrektorat: Belle Mollina
Weitere Mitwirkende: Nicole Zdroiek
Cover: Babels Art
Erschienen im A.P.P.-Verlag
Peter Neuhäußer
Gemeindegässle 05
89150 Laichingen
978-3-945786-91-8 – mobi
978-3-945786-92-5 – epub
978-3-945786-93-2 – print

Personen und Handlungen sind frei erfunden. Etwaige Ähnlichkeiten mit real existierenden Menschen sind rein zufällig und nicht beabsichtigt.
Dieser Roman wurde unter Berücksichtigung der neuen deutschen Rechtschreibung verfasst, lektoriert und korrigiert.

Für Mia und Tristan.

Weil ihr meine Babys Nummer 1 seid.

KLAPPENTEXT

Wir haben uns hier versammelt um den Sexgott Tristan Wrangler und sein Mia-Baby in den heiligen Bund der Ehe zu begleiten ... dann gibt es ein etwas anderes Interview und eine XXXXL Leseprobe von Rock oder Liebe!

Viel Spaß!

Reihenfolge:

1.Immer wieder samstags

2.Immer wieder samstags – reloaded

3.Immer wieder Verführung

4.Immer wieder Verführung – The End

Zusatzbücher zur Immer wieder Reihe:

Immer wieder Special (gehört hauptsächlich zu Immer wieder samstags 1 und 2, kann aber auch am Schluss gelesen werden.)

Immer wieder Tristan und Mia – Hochzeitsspecial

Immer wieder samstags – Sammelband (beinhaltet die beiden ersten Teile)

Immer wieder Sehnsucht (Die Geschichte von Philip Wrangler und Katharina)

Von Störchen und Truthähnen

Tristan ›wird gefoltert‹ Wrangler

Diese Stripperin war ein Scheiß gegen mein Mädchen. Sie konnte zwar ihre Hüften einigermaßen bewegen, aber es wirkte irgendwie eckig und unnatürlich – nicht so fließend und rund und absolut sinnlich wie bei meinem Baby Nummer eins. Außerdem erinnerte ihr Auftritt ein wenig an einen Storch, der durch den Salat stakst, während er gleichzeitig versucht, mich zu verführen.

Ich stand zwar auf Federvieh – aber nicht auf diese Art.

Meine Vorliebe galt einem ganz bestimmten Truthahn.

Den ich morgen heiraten würde … Vorausgesetzt ich schaffte es bis vor den Altar, denn Phil und Tommy taten ihr Bestes, um mich abzufüllen. Dabei ließen sie ihrer sadistischen Ader freien Lauf – ihre Rache für alles, was ich ihnen jemals angetan hatte.

Diese »Stripperin« war der lebende Beweis.

Als sie von ihrem Podest auf die Bühne kam, mehr oder weniger geschickt, wollte ich erst flüchten und später meine Brüder umbringen. Viel verdeckte diesen dürren Körper nicht mehr, den sie vor mir zur Schau stellte, als wäre er sexy und ich absolut scharf auf ihn.

Lächelnd beugte sie sich zu mir, umfasste meinen Kopf und presste ihn an ihre monströs aufgepumpten Titten. Verdammte Scheiße! Was hatte die Alte vor? Mich ersticken?

Angeekelt befreite ich mich auch ihren Klammergriff und wich zurück.

Doch sie grinste nur, was wohl lasziv oder so aussehen sollte, drehte sich um und setzte sich auf meinen Schoß, um ihren knochigen Arsch an mir zu reiben. In meiner Hose regte sich nichts. GAR NICHTS. Genau genommen war ER verdammt gelangweilt, lag gemütlich auf der Seite, sah mich mit hochgezogener Augenbraue an und schüttelte seinen Kopf.

Ja … gut … Mia hatte es mir vielleicht ein kleines bisschen verboten, meinen Junggesellenabschied hier – in meinem alten Club – zu feiern … Aber Phil und Tommy hatten so ein bisschen drauf geschissen, mich verdammt noch mal gekidnappt – inklusive Socke im Mund – und an diesem beschissenen Stuhl in der Mitte der beschissenen Tanzfläche festgebunden. Die Witzbolde sollten schnellstens ihr Testament machen, denn sie würden bald tot sein. Entweder durch mich oder spätestens, wenn Mia davon erfuhr! Ihre Wut würde unbändig sein. Ein wahres Inferno.

Ich wollte nicht in ihrer Haut stecken!

»Bist du bald fertig? Muss piss'n!«, lallte ich und ließ genervt meinen Kopf zurückfallen. Leise fluchte ich vor mich hin und versuchte, nicht zu kotzen. Denn jetzt verwechselte diese Möchtegern-Stripperin mich auch noch mit einer beschissenen Hüpfburg und rammte mir dabei in regelmäßigen Abständen einen ihrer spitzen Knochen in den Magen. Meine Fresse, wollte die ihre verpasste Kindheit nachholen?

»Hoppe, hoppe Reiter … Wenn er fällt, dann schreit er …«, sang ich vor mich hin und sie bedachte mich mit einem irritierten Blick. Jetzt war sie verletzt – ohhhhhhhhhhhhhhhhhhhhhh …

»Was'n?« Ja, das war, als ob Robbie auf mir rumtanzte – nur dass es mit dem kleinen Scheißer Spaß machte, im Gegensatz zu dieser Schlunze.

Sie presste die Zähne aufeinander, drehte sich um und ich wusste, dass sie jetzt einen beschissenen Auftrag hatte. Ich hatte sie in ihrer Storchen-Stripper-Ehre gekränkt. Jetzt würde sie mir beweisen, dass sie sogar mich heißmachen konnte. Ihre Monsterfingernägel legten sich auf meine Schultern, während sie sich breitbeinig, das zugekleisterte Gesicht mir zugewandt, auf mich setzte und ihr Becken an mir rieb. Mein Ficker seufzte nur genervt und zog sich eine Decke über den Kopf. Ich sollte ihm wohl Bescheid sagen, wenn dieses Grauen überstanden war – der Verräter.

Meine blöden Trauzeugen feuerten sie auch noch an, johlten und brüllten und gaben undefinierbare Geräusche von sich. »Also ich finde … du bist der heißeste Hengst, den ich je reiten durfte …«, säuselte sie mir auch noch ins Ohr, aber ihre asiatische Abstammung inklusive dem passenden Akzent erinnerten mich eher an die Bestätigung der letzten Hähnchen süß-sauer-Bestellung. Dann beugte sie sich auch noch vor und wollte mich küssen!

WHAT A FUCK?!

Ich wich zurück, sah ihr in die Augen, und zwar so, dass sie allein von meinem Blick erschrocken zurückzuckte. Sollte sie es wagen, ihre Lippen auf meine zu legen, würde sie das bereuen – bitter.

»Die Show ist zu Ende!«, brüllte ich so laut, dass sie fast von meinem Schoß fiel. »MACHT MICH LOS! SOFORT!«

»Ach Mann ...«, motzte Tommy, stand aber auf und sprang auf die Bühne.

»Du bist so ein verdammter Spielverderber, Tris! Es wurde doch gerade erst witzig!«, gab auch noch Phil seinen Senf dazu, doch sie machten mich los. Was verdammt noch mal besser für sie war!

»Ja, sehr witzig, wenn ich hier alles vollkotze ...«, murmelte ich und rieb mir die Handgelenke.

Der Storch saß übrigens immer noch auf meinem Schoß, von meinem vorherigen Blick völlig paralysiert. Ich verdrehte die Augen und hob sie leichthändig von mir runter – die wog ja auch nicht mehr als ein Mehlkorn.

Dann stand ich auf, holte einen Fünfhunderter raus und steckte in ihr in den Glitzer-BH. »Du denkst beim Tanzen zu viel!«Ich tätschelte ihr die Wange. »Aber fürs Erste war's ganz nett.«

»Ganz nett?«, zischte sie mich an.

»Ja, du weißt ja, die kleine Schwester von ... Ach, lassen wir das!« Somit ließ ich sie stehen und sprang von der Bühne.

Die Honks, die sich unten versammelt hatten und sich zu so etwas wie meinen Freunden zählten, johlten lauter und hielten mir die nächste Whiskeyflasche entgegen. Ich nahm sie und schüttete mir die geliebte Flüssigkeit in den Rachen.

»Auf die Fesseln, die sie dir morgen anlegen wird!«, prostete mir Luca zu und ich gluckste.

»Ohhh … ich liebe es, von ihr gefesselt zu werden! Noch mehr Whiskey!« Ich winkte der übereifrigen Tussi, die am Rand stand und für unsere Gruppe zuständig war.

Dann ließ ich mich zwischen Georgi und Garrett auf die Bank fallen und zündete mir meinen Joint an, bevor andere Schlunzen die Bühne betraten und sich einen abschlunzten. Und ich konnte es kaum glauben, aber während ich hier saß, wo der zweite Teil unserer Reise angefangen hatte und nun auch endete, fehlte sie mir. So wie immer. Ständig und überall. Yeah … das Leben als Junggeselle war ganz nett – mehr aber nicht. Ich konnte es nicht erwarten, ihr endlich den Ring anzustecken und aus meinem Mädchen meine Frau zu machen.

Für fucking immer.

***

Um das zu tun, mussten wir aber erst mal lebend und ungesehen ins Haus kommen. Was gar nicht so leicht war, wenn zwei von Dreien sturzbetrunken waren.

»LEISE!«, zischte Tommy uns zu, als wir ausstiegen und mit Vollkaracho die Autotüren zuknallten.

»Oooppps …«, lallten Phil und ich gleichzeitig und legten die Zeigefinger an die Lippen. »Gaaaaaaaaaaaaaanz leise …«

Auf Zehenspitzen schlichen wir über den knirschenden Kies. Ich musste mich nur einmal an Mias kleinem Flitzer festhalten, weil ich sonst umgekippt wäre, denn der Boden schlug bösartige Wellen, ansonsten hielt ich mich gar nicht so schlecht.

Schon beinahe an der Tür fiel Phil ein, dass er pissen musste, also wankte er etwas abseits, um einen Baum zu düngen, während Tommy und ich noch eine rauchten.

Dabei beobachtete ich unser schnuckliges Häuschen, das im Moment vollbepackt mit Gästen war. Tommy und Vivi, Katha und Philip in meinem Arbeitszimmer unter dem Dach. Und schließlich mein Dad und Katharinas Mutter im Hobbyraum im Keller … die ständig turtelten und ihre Hände nicht bei sich behalten konnten! Das war so widerlich!

Eine ganze Horde Menschen, denen wir dringend aus dem Weg gehen mussten.

Es brannte noch Licht, das hieß, dass einige noch wach waren. Was wiederum bedeutete, dass wir irgendwie in unsere Zimmer schleichen mussten, ohne von ihnen ertappt zu werden.

Mias Rache, sollte sie erfahren, dass ich in meinem alten Club gewesen war und einen Lapdance von einer anderen als von ihr hatte ertragen müssen, wäre wahrlich die Hölle auf Erden.

Ich wollte nicht einmal daran denken und selbst meinem Ficker wurde allein bei der Vorstellung ganz angst und bange.

Irgendwann war Phil auch wieder zurück, obwohl ich schon dachte, er wäre beim Pinkeln eingepennt, und wir pirschten uns weiter an das Haus, wobei ich das Schlusslicht bildete.

Als ich ein Geräusch hörte, schmiss ich mich rein instinktiv auf den Boden und wollte weiterrobben wie ein Indianer auf der Pirsch, aber Tommy zog mich gnadenlos am Kragen wieder auf die Beine und hielt mir den Mund zu, weil ich mir ein Lachen nicht mehr verkneifen konnte.

»Ruhe Tristan! Oder willst du sterben?«

»Alter, nimm deine verdammten Drecksgriffel weg«, nuschelte ich gegen seine Hand. Er verdrehte die Augen, ließ mich aber los, und ich riss mich zusammen, um nicht wieder hysterisch loszukichern.

Als ich mich beruhigt hatte, schlichen wir weiter und entschieden uns aus einem Impuls heraus, lieber den Weg über das Rosenspalier zu nehmen.

»AU, VERFICKTE SCHEISSE!«, knurrte ich, als ich mir beim ersten Griff einen Dorn in die Handfläche jagte. Ich ignorierte tapfer den Schmerz und setzte den Fuß an, um das Scheißteil zu erklimmen. Ich kam sogar fast bis zum Balkon im ersten Stock, aber meine dämlichen Brüder folgten mir. Tommy hielt das Teil ja noch aus, aber sobald Phil auf unsere Höhe kam, fing es an, sich von der Wand zu lösen.

»FUCK!«, fluchte ich flüsternd … »DU bist zu schwer, du Fettsack! Geh wieda runta!« Doch es war schon zu spät.

Auch der letzte Nagel löste sich und das gesamte Rosengatter kippte mit uns drei Affen nach hinten.

Gerade so konnte ich mir einen Schrei verkneifen, als wir schon rückwärts im Kies landeten – der rettete uns wahrscheinlich unser verdammtes Leben. Das oder die Tatsache, dass Besoffenen so gut wie nie etwas passiert.

Der Staub wirbelte nur so um uns herum, während wir erstarrt und mit Rosen übersäht liegen blieben und darauf warteten, dass jemand den Krach bemerkt hatte. Doch niemand kam rausgestürmt! Dem Pisser sei Dank!

»Idioten!«, murrte ich meinen Brüdern zu, die sich vor Lachen nicht mehr einkriegten, befreite mich fluchend von dem Gestrüpp, ohne darüber nachzudenken, was Mia dazu sagen würde, dass wir das Teil abgerissen hatten, und … stolperte die Veranda-Treppen hoch.

Dann eben so!

Dort suchte ich meinen Schlüssel gerade mal fünf Minuten in den Taschen meiner Jeans. Nur drei Anläufe waren nötig, dann hatte ich das passende Loch getroffen – das Schlüsselloch natürlich, alle anderen Löcher traf ich immer vorzüglich, egal, in welchem Zustand.

Schon waren wir drin und … wurden fast von der lauten Musik erschlagen, die uns entgegenbrüllte.

Was zum Fuck?

Wollten die Frauen nicht eigentlich eine kleine gemütliche Pyjama-Party machen?

Ich stolperte über allerhand Schuhe, die hier nicht hingehörten, und näherte mich der Musikquelle, wobei mein Kopf fast wegflog.

Mein Gefühl war richtig beschissen und ich schlagartig nüchtern, als ich durch den Rundbogen in das große

Wohnzimmer trat. Das Bild, das sich mir bot, würde ich niemals in meinem gesamten Leben wieder vergessen!

Mein Mädchen!

Im rosa Bärchen-Pyjama.

Mitten im Raum!

Auf einem Stuhl!

Mit geröteten Wangen und glitzernden Augen!

Und einem anderen Ficker, der sich gerade in nichts weiter als einem bunten Tanga zwischen ihren Beinen rieb!

Einige Sekunden stand ich blöd da und versuchte zu verarbeiten, was da gerade geschah! Wie in Zeitlupe konnte ich sehen, wie er sie trockenfickte, dabei die Hände rechts und links auf dem Stuhl abgestützte, während sie lachte, mittlerweile hochrot übrigens. Die anderen johlenden Weiber ringsherum rückten völlig in den Hintergrund – dabei waren die lauter als eine Horde Männer.

Meine Fäuste ballten sich ganz von selbst und ich machte einen Schritt auf sie zu.

Weil Mia nun mal Mia und ich nun mal Tristan war, bemerkte sie natürlich sofort, dass ich mich ihr näherte und ihre Augen huschten zu mir. Bevor sie RIESIG wurden. RICHTIG fucking groß!

Sie schubste den Stripper mit Wucht von sich, aber er würde keine Chance haben, sich zu retten. Sein Kopf würde gleich Bekanntschaft mit der Wand machen! So viel war klar!

Alles verstummte abrupt, als ich auf die beiden zustapfte. Fünf Schritte noch, vier, drei, zwei.

Mia sprang auf und direkt vor mich.

»Tristan, nein!« Kleines dummes Mädchen!

Mit einem abfälligen Schnauben packte ich ihren Arm und wollte sie aus meiner Bahn ziehen.

»NEIN!«, brüllte sie nun lauter und sprang mich an, schlang ihre Arme um meinen Nacken und auch die Beine um meine Hüften.

»BRINGT IHN IN SICHERHEIT! Oh mein Gott, bringt ihn raus! BRINGT Euch alle in Sicherheit! Ich regel das! GEHT! SCHNELL! UND SCHAUT NICHT ZURÜCK!«, rief sie den anderen zu, während ich mit verbissenen Zähnen versuchte, ihre Arme von mir zu lösen, ohne ihr wehzutun. Und alle rannten … ganz ehrlich … manche stolperten sogar!

Mia war wie eine verdammte Klette, verhakte die Beine hinter meinem Rücken und krallte sich an mir fest, als würde ihr Leben davon abhängen – dabei ging es ja nur um seins. »LASS mich verfickt noch mal los!«, zischte ich sie schließlich an, aber sie schüttelte den Kopf.

»NEIN!« Wie ein verdammtes Äffchen klammerte sie sich noch fester. Ich keuchte … und knurrte … und musste dem Kerl dabei zusehen, wie er sich eilig anzog und davonstürmte wie eine kleine Pussy. Genauso wie die anderen.

Gerade eben war hier noch die fetteste Party überhaupt im Gange. Im nächsten Moment waren wir allein im Wohnzimmer und das beschissene Stripperlied dröhnte immer noch aus der Anlage.

Sobald sich die Tür hinter dem letzten Penner schloss, entspannte sich Mia … atmete tief aus aber ich knurrte.

»Kein Grund zum Durchatmen! Diese Scheiße ist noch nicht vorbei … OH NEIN! Du bleibst hier!« Sie wollte schleunigst von mir steigen, aber jetzt packte ich sie mit einem Arm unter dem Arsch und stellte mit der anderen Hand die Scheiß-Stripper-Musik aus. Lustig, es war dasselbe Lied, zu welchem der Storch auch getanzt hatte.

Dann setzte ich sie in der Mitte auf den Stuhl … und stellte mich mit verschränkten Armen vor sie, sah so auf sie hinab. Auf ihre geröteten Wangen, ihre wunderschönen Karamell-Augen, ihre zerwühlten hellbraunen Haare und vor allem den Blick, mit dem sie mich ansah.

Natürlich biss sie sich auf die Lippe, sobald sie einmal meinen Körper von oben bis unten blickgefickt hatte und ihr Ausdruck verdüsterte sich.

»Das finde ich nicht nett von Ihnen, Mista Wrangler …«, säuselte sie und ihre Stimme ging wie so oft geradewegs in meinen Ficker, der sofort hellwach und zu allen Schandtaten bereit war.

»Ich finde es auch alles andere als nett von dir, Miss bald Wrangler, dass du es zulässt, dass er seine Eier vor deinem Gesicht schaukelt! Hast du seinen Schwanz gesehen?!«

Ihre Augen wurden größer, sie sah ertappt zu Boden.

»MIA!«, grollte ich ungehalten und sie schaute wieder trotzig zu mir hoch, während sie die Arme vor der Brust verschränkte, was mich ziemlich ablenkte. Denn sie war im fünften Monat schwanger und somit wurden ihre Traumtitten von Tag zu Tag größer, obwohl man bis jetzt nur ein kleines Bäuchlein erkennen konnte.

»WAS?«, knurrte sie völlig unbeeindruckt zurück. »Ja, habe ich! Dieser Tanga überließ ja wohl nichts der Fantasie. Und was hast du heute so gemacht?« Uhhh … GANZ schlechtes Thema … ganz, ganz fucking schlecht.

»Ich hatte meinen Junggesellenabschied …«, meinte ich und verschränkte ebenfalls die Arme vor der Brust. Wie schaffte sie es nur, dass ich mich mit einem Mal fühlte, als würde ich auf dem Stuhl sitzen und von zwei Geheimagenten verhört werden?

»Wo denn?«, fragte sie knapp und ich knirschte mit den Zähnen, denn es gab keine Alternative. Egal, wie unschön die Wahrheit auch war, ich log sie nicht an. Niemals. Allerdings kam ich jetzt tatsächlich in Versuchung …

»Im Club!«, blaffte ich trotzdem.

Sie stand auf … ganz langsam – trotz des rosa Bärchen-Pyjamas so verschissen sexy und vor allem so Furcht einflößend, obwohl sie viel kleiner war als ich. Sie konnte mich mit so vielen anderen Waffen schlagen als körperlicher Gewalt, und das wussten wir beide. FAST machte ich einen Schritt zurück, doch ich blieb standhaft.

»Im Club also … da, wo du nie wieder hin wolltest … aha …« Oh Fuck … Diese Stimme, dieses Funkeln … und auch noch AHA! Das lief alles andere als gut! Verdammtes Weib!

Ich musste wieder die Oberhand gewinnen.

Irgendwie!

Doch ihr Zeigefinger fuhr sanft an meiner stoppligen Wange hinab, während sie sich auf die Zehenspitzen stellte und hauchte: »Und die haben dich natürlich gegen deinen

Willen gefesselt und geknebelt, in ihren Kofferraum verfrachtet und dann an einem Stuhl mitten auf der Bühne festgebunden, damit eine langbeinige Schönheit deinen Schoß als Hüpfburg missbrauchen kann?« Ihre Lippen waren direkt an meinen … so süß, so weich, so kirschig. Ihr Körper schmiegte sich an meinen … ich starb! »Alles klar … Mista Wrangler!« Somit stieß sie sich etwas von mir ab und ging zurück.

Sie war manchmal wirklich gruslig!

»JAAA!«, rief ich anklagend aus, hoffte auf etwas verdammtes Mitleid, packte ihre Hüfte und zog sie wieder an mich – vorsichtig natürlich. Sie hatte kostbare Fracht im Bauch. »Ich konnte nichts dafür, Baby! Ehrlich, ich …«

»ICH weiß, du Idiot!« Sie holte ihr Handy aus der Tasche, worauf ein Foto zu sehen war … von mir …wie ich total gelangweilt mit nach hinten hängendem Kopf mitten auf der Bühne auf dem verdammten Stuhl saß und Hoppe, hoppe Reiter mit dem Storch spielte. »Wir haben uns auch so lange an die Pyjama-Party gehalten, bis ich von deinem lieben Bruder dieses Beweisfoto geschickt bekam.

Dann haben Vivi, Lena und Katha Himmel und Hölle in Bewegung gesetzt und eine ETWAS andere Party draus gemacht! Also wage es nicht, hier mit deiner Eifersüchtiger-Höhlenmensch-Nummer daherzukommen, du alter Heuchler!« Mit diesen Worten wich sie ruckartig von mir zurück, und das, obwohl ich dachte, sie würde mich küssen – verdammt –, während sie ihr verschwitztes Haar über die Schulter schmiss.

»Du stinkst wie eine Brauerei! Geh schlafen! Wir sehen uns morgen! Vor dem Altar!«

Damit wollte sie sich umdrehen und auf ihren wunderbaren Flanellbeinen die Treppe hochstolzieren, aber das ging gar nicht!

»HEY!« Mit einem Satz war ich bei ihr und hatte meinen Arm von hinten um ihren Bauch geschlungen – VORSICHTIG natürlich.

Meinen Ficker drückte ich eindeutig an ihren kleinen süßen Arsch, als ich ihr die Haare aus dem Nacken strich. »Denkst du wirklich, du kannst mich heiß machen und dann einfach abdampfen … Miss bald Ex Angel …«

»Ja …«, antwortete sie schmunzelnd und versuchte, sich aus meinem Griff zu wuseln, aber natürlich hatte sie keine Chance. Ich drehte sie herum, drückte sie gegen die Wand und fasste zwischen ihre Beine. Sie keuchte, als ich dort über den weichen Stoff rieb.

»Vergiss es, Baby …« Sie stöhnte ergeben, ließ ihren Kopf nach hinten fallen … und bewegte sofort ihre Hüften mit mir. YEAH! So ging das!

»Fuck …«, keuchte ich, als ich merkte, wie sie selbst durch den Stoff feucht wurde. »Fuckiger Fuck!« Mit einem tiefen Stöhnen küsste ich sie und schob meine Hand in ihre Hose. Es war eng, aber möglich. Innerhalb von ein paar Atemzügen berührte ich ihre blanke feuchte Pussy. »Ich liebe das hier!« Ich umfasste sie und drang mit dem Mittelfinger in sie ein. Sie keuchte lauter.

»Still, Baby!« Mit einer Hand hielt ich ihren Mund zu, mit der anderen besorgte ich es ihr so richtig und erinnerte sie gleichzeitig daran, wem sie gehörte, wem sie verfallen war, wer das hier mit ihr tun durfte – nur ich und sonst keiner!

Ich liebte ihre Laute, die ich mit meinem Mund schluckte, wie sie sich wimmernd in meine Schultern krallte, wie ihr gesamter Körper bebte und wie hilflos sie mir hier ausgeliefert war … Aber vor allem liebte ich es, wenn sie unter meinen Lippen, Fingern oder mit meinem Schwanz tief in ihr kam.

Und das tat sie!

Während ich jegliche Geräusche von ihren Lippen küsste!

Gleich würde ich die Revanche fordern und die war jetzt auch dringend nötig, aber ein wenig ließ ich sie noch verschnaufen, während ich sie sanfter küsste, meine Hand aus ihrer Hose zog und diese wieder richtete. Dann strich ich zärtlich über ihren wunderbaren Bauch und fühlte ihre tiefen Atemzüge.

»Wow …«, murmelte sie, die Wange an die kühle Wand gelehnt, während ich mich an ihrem zarten Hals entlangknabberte.

»Du sagst es, Baby … und jetzt geh auf die Knie und blas mir einen.«

Sie kicherte, als hätte ich gerade einen Witz gemacht!

Was?

Und schob mich von sich.

Ihr Blick war mit einem Mal alles andere als hingebungsvoll, sondern völlig berechnend.

»DAS glaubst du doch wohl selber nicht! Kein Sex vor der Hochzeitsnacht! Wir sehen uns morgen vor dem Altar, Baby!«

Damit küsste sie mich noch einmal knapp, wirbelte herum und lief kichernd die Treppen nach oben.

Mit einem leisen »Fuck!« und ausflippendem, pochendem Schwanz blieb ich allein in der Dunkelheit zurück.

Bis morgen zumindest …

Dann würde es nie wieder Dunkelheit in meinem Leben geben.

Der schönste Tag in meinem Leben und andere Qualen

Mia ›the Barbiedoll‹ Engel

Ich konnte nichts essen, beim besten Willen nicht. Mein Magen rumorte so wild, dass ich keinen Bissen herunterbekam, und das war schlecht – allein schon wegen des kleinen Schatzes, der in mir heranwuchs. Deswegen trank ich wenigstens ein Glas frisch gepressten Orangensaft und aß einen Toast mit Butter.

In der Küche ging es zu wie in einem Bienenstock, alles wuselte durcheinander. Ganz nebenbei wurde weiterhin die Hochzeit akribisch geplant und alles bis ins kleinste Detail besprochen. Vivi, Katha und Lena steckten beispielsweise ihre Köpfe zusammen und überlegten, was für eine Frisur ich bekommen sollte. Der Rest huschte völlig aufgeregt hin und her. Während Robbie von dem ganzen Aufruhr total aufgekratzt mit Stanley durch die Gegend lief und Fangen spielte.

Wenn es nach mir gegangen wäre, hätte ich mich wieder in mein Bett verkrochen und mit Tristan etwas entspannt, aber ich war ja nur die Braut und wurde stattdessen von Vivi mit ihrer ganz speziellen Art, die selbst jemanden, der kein Morgenmuffel war, zu einem amoklaufenden Irren gemacht hätte, aus den Federn geschmissen.

Kurzum, ich war völlig überfordert.

Und ich wollte zu Tristan.

Nichts anderes.

Und ein bisschen Ruhe mit ihm …

Und Sex mit ihm …

Aber was mir bevorstand, war das volle Barbie-Puppen-Programm. Etwas, was ich über alles hasste.

Tristan war nicht weit weg … Man hatte ihn in das Haus quartiert, in dem er aufgewachsen war – nur ein paar Kilometer entfernt … Wenn ich also schnell zur Tür rennen und ins Auto springen würde, könnte ich es schaffen. Dabei war mir mein Aufzug gerade völlig egal, der nur aus einer Hotpants und einem seiner alten T-Shirts bestand. Abschätzend visierte ich die Leute und die Entfernung an, die mich von der Freiheit trennte.

Eilig sprang ich auf und lief … um mein Leben … Doch als ich die Tür aufriss, rannte ich direkt in den Blumenhändler, der noch alle möglichen Gestecke brachte. Und dieser Verräter hatte nichts Besseres zu tun, als mich lachend aufzuhalten, bevor sich Vivi und Katha auf mich stürzten. Ab da hatte ich keine Chance mehr zu fliehen.

Zuerst wurde ich unter die Dusche gesteckt.

Dann folterte mich Lena, indem sie mich ENTWACHSTE – überall! Und das, obwohl ich mir geschworen hatte, so eine Tortur nie wieder über mich ergehen zu lassen.

Als Nächstes wurden meine Nägel gefeilt und in einem hellen Rose lackiert. Nicht zu auffällig, aber auch nicht durchsichtig. Einzig der Ringfinger wurde zusätzlich mit Strass-Herzchen verziert.

Es war die absolute Auftakel-Hölle, aber ich ließ alles wie in Trance über mich ergehen, weil ich ehrlich gesagt noch vom vorherigen Abend völlig neben der Spur war und so wenigstens die Gelegenheit hatte, vor mich hinzudösen.

Als sie aber meine Haare in die Mangel nahmen und an ihren zerrten und zupften, reichte es mir.

»Ich will Tristan anrufen!«, beschwerte ich mich.

Alle antworteten wie abgesprochen mit einem knappen: »NEIN!«, und ich schmollte, während sie mich fast skalpierten, mir Blumen in die Haare steckten und wie aufgescheuchte Hühner um mich herumrannten.

Nach zwanzig Minuten musste ich die Augen schließen und sie machten sich an meinem Gesicht zu schaffen. Es gab kein Entrinnen und ich fügte mich in mein Schicksal, schließlich hatte ich ein Ziel vor Augen. Tristan Wrangler vor dem Altar! Dafür würde ich *alles* durchstehen!

Egal, was es mich kosten würde … betete ich mir immer wieder vor. *Dafür kann ich über mich hinauswachsen, alles schaffen und alles ertragen ... Ich habe schon Schlimmeres durchgestanden, dann kriege ich das hier auch noch hin!*

»Et voilà!« Vivi hielt mir nach gefühlten Jahren einen Spiegel vors Gesicht und … okay … das, was ich da erblickte, war eindeutig NICHT ICH. Diese wunderschöne Frau gehörte auf das Cover einer Zeitschrift, aber nicht in mein bescheidenes Schlafzimmer, in dessen Mitte ich auf einem Stuhl saß, damit alle genug Platz hatten, um mich zu foltern. Aber die Aktion hatte sich wirklich gelohnt, auch wenn mir immer noch alles wehtat.

Meine Wimpern waren verlängert worden, aber nicht so, dass es unecht wirkte, und tiefschwarz. Die Form meiner Katzenaugen wurde mit einem perfekten Lidstrich und gedeckten Brauntönen zur Geltung gebracht; meine Wangen schimmerten in einem zarten Rosa, doch den absoluten Hingucker machte mein Kirschmund. Die Mädels hatten eindeutig den Fokus auf ihn gelegt.

Es fiel mir selber schwer, mich nicht in meinem eigenen Anblick zu verlieren – ich wusste nicht, dass ich so schön sein konnte. Ungläubig starrte ich mich an und für einen kurzen Moment verstand ich, was Tristan an mir fand.

Zum ersten Mal sah ich, was er sah … wenn er mich anblickte.

Ein weiteres Highlight war meine Frisur: Sie hatten meine Haare hochgesteckt, aber ein paar vorwitzige, sehr gelockte Locken umspielten mein Gesicht, fielen sanft auf meine Schultern, die frei bleiben würden.

»Hier, mit dieser Spange kannst du die gesamte Frisur lösen … später … im Bett …«, zeigte mir Vivi stolz und ich nickte fasziniert. »Die ist blau … und steht für Treue …«, meinte sie noch dazu und wir lächelten uns an.

Außerdem waren winzige Gänseblümchen kunstfertig in mein Haar eingearbeitet, aber nicht so, dass es peinlich wirkte. Es sah mit dem leichten Schleier wunderschön aus – wie eine Fee aus einer anderen Welt. Da kamen mir das erste Mal die Tränen.

»Danke!«, stieß ich aus und fiel Vivi, Lena und Katha um den Hals.

»VERDAMMT, MIA, ich darf jetzt nicht heulen, sonst hab ich geschwollene Augen!«, rief Vivi aus, während Katha sich anfangs versteifte, aber schließlich umarmte sie uns auch, während sie die Augen verdrehte.

»Ich liebe euch, ihr Verrückten!«, wisperte ich mit einem dicken Kloß im Hals.

»Ja, ja, ja, ja, ja!« Lena löste sich als Erste aus dem Umarmungspulk. »Gut, dass du stehst! Jetzt kommt das Kleid! Also hopp, hopp! Wir haben nicht mehr viel Zeit!«

Mein Blick glitt zu der leise tickenden Uhr auf meinem Nachttisch und mein Herz rutschte fast zu Boden.

Nur noch eine Stunde … dann würde ich Tristan Wrangler heiraten.

Allein bei dem Gedanken konnte ich es nicht erwarten!

Und so half ich eifrig mit, als sie mir das Kleid anzogen.

Das Oberteil bestand aus einer trägerlosen Korsage, ganz aus feinster Seide gefertigt, und war wie für mich gemacht. Als ich in den Spiegel sah, ließ das Dekolleté selbst mich für einen Moment vor Ehrfurcht erstarren.

Wow, ich hoffte, es würde auch bei Tristan einen ähnlichen Eindruck hinterlassen, aber eigentlich zweifelte ich nicht einen Augenblick daran.

Der Stoff war mit unzähligen feinen Stickereien verziert, was dem Ganzen einen beinahe märchenhaften Anblick verlieh. Der Rock war schmal geschnitten und schmiegte sich im Bereich der Hüften eng an meine weiblichen Rundungen. Nach unten hin war er weit auslaufend und umspielte meine Beine, sodass der Stoff bei jeder Bewegung leicht raschelte.

Natürlich durfte auch das Strumpfband nicht fehlen, was ich mir von Lena geborgt hatte. Dazu trug ich leichte spitzenbesetzte weiße Handschuhe, die bis zu meinen Oberarmen reichten. Ich fühlte mich wie eine Prinzessin, oder besser gesagt wie der schöne Schwan. Endlich.

»Das hier ist unser Geschenk …«, meinte Vivi, sobald ich schüchtern vor ihnen stand, und alle drei mich mit verträumten und tränenden Augen anblickten. Selbst Katharina wirkte ganz gerührt, räusperte sich dann aber und holte aus den unendlichen Tiefen ihrer Handtasche eine kleine Schachtel hervor.

»Das ist etwas Altes von Vivi und mir. Das Foto ist von ihr. Das Medaillon von mir.« Vorsichtig öffnete ich es und erstarrte, als ich das Schmuckstück sah.

»Es ist wunderschön!«, murmelte ich tief ergriffen und holte es mit zitternden Fingern heraus.

»Denk an dein Make-up, Mia!«, murmelte mir Katha zu, während ich es öffnete und mir dann der Atem in meiner Kehle stockte.

In dem Medaillon befand sich ein Bild von Tristan. Er musste darauf ungefähr achtzehn sein, also in dem Alter, als wir zusammengekommen waren. Und er lächelte mein bezauberndes Lächeln, während er aus dem Fenster schaute… Man hatte ihn sicher heimlich fotografiert, das war mir sofort klar, denn er sah völlig zufrieden und gleichermaßen umwerfend aus. Sofort wusste ich wieder, wieso ich mich unsterblich in ihn verliebt hatte. Er war einfach atemberaubend – selbst auf einem Bild!

»Das Foto machte ich heimlich beim Essen, nach der Party bei uns im Haus …«, murmelte mir Vivi zu, während ich mit den Fingerspitzen vorsichtig über sein perfektes Gesicht strich. So würde er immer ein Teil von mir sein, auch wenn er gerade nicht da war.

Ich konnte ihnen nicht genug danken und knutschte sie alle ab, sodass sie mir zum Schluss motzend die Lippen nachschminken und sich selber von den schwachen Make-up-Abdrücken befreien mussten, die ich hinterlassen hatte.

Doch dann war die Zeit abgelaufen … Also zwängte ich mich in Monsterschuhe, die so hoch waren, dass ich befürchtete, nicht einen einzigen Schritt zu überleben, während mir Katha zu allem Überfluss einen Cent hineinsteckte – als wären diese Fußfolterwerkzeuge nicht schon eng genug. Aber sie meinte, er stehe als Symbol für Reichtum.

Dann fuhren wir endlich los!

In ein neues Leben …

Hosenscheiss

Tristan ›hangoverd‹ Wrangler

»Robbie! Wie geht es Mama?«

»Ich glaube nicht so gut …«

»Was tut sie?«

»Sie war mit Tante Lena im Bad, als wir gefahren sind, und dabei hat sie ganz laut geschrien!«

»DA hört ihr es! Ich muss zu ihr! Sie wird von den irren Weibern gefoltert!«

»No Way, Tristan! Du darfst sie nicht vor der verdammten Hochzeit sehen!« Phil drückte mich in aller Ruhe zurück auf den Stuhl, woraufhin mir wieder übel wurde.

Ich hatte einen verdammten Kater. DEN Kater meines Lebens, wenn man es genau nahm, und alles, was ich wollte, war zu Mia, mich an ihre Titten schmiegen und ein bisschen schlafen. Aber nichts da! Ich musste duschen! Und mich rasieren! Und dann den verdammten Armani-Hochzeitsanzug anziehen. Tommy hatte gerade Robbie abgeholt, und der wurde gelöchert, während ich durch ein weiteres Aspirin das Dröhnen aus meinem Kopf bekommen wollte.

»Ich lasse mir von niemandem vorschreiben, wann ich mein verdammtes Mädchen sehen darf oder nicht! Vorsicht!« Robbie versuchte, sich auf meinen Schoß zu zwängen und fiel dabei fast runter. Gerade so konnte ich ihn am Arm halten und hob ihn nach oben. Dann umfing ich seinen Bauch mit beiden Armen und lehnte meine Stirn an seinen blonden Hinterkopf. Er roch immer noch so verdammt gut …

Und mein Schädel drohte jeden Moment zu explodieren. Dazu kreischten auch noch diese beschissenen Federviecher vor dem Fenster. »Wenn du nicht bald deine heiligen Haare machst, dann verpasst du deine eigene Hochzeit! Wir haben nur noch eine halbe Stunde …«

»Hmmm.« Ich löste mich nicht von Robbie, hielt ihn einfach nur fest, während er meine Wange tätschelte. Dabei klebte er fast an mir, hatte wohl Honig oder so gegessen, aber es sollte beruhigend wirken.

»Kann es unter Umständen sein, dass der große Tristan Wrangler die Hosen voll hat?« Das war jetzt Tommy, der sich in mein Blickfeld schob und mir gegenüber an der Kommode im Wohnzimmer lehnte. Ich schnaubte nur, denn meine Kehle wurde immer enger …

»Wir müssen los!« Das war Dad, der jetzt an meine Seite trat, den Arm um seine Natalie gelegt …

»Jaaa«, knurrte ich … »Gleich!«

»Auf was wartest du?«, fragte Philip auch noch. »Sie ist sicher schon fertig!« Er legte seine schwere Hand auf meine Schulter und drückte sie mitfühlend.

»Okay!«, brüllte ich und hob Robbie von meinem Schoß, schob ihn in die Richtung meines Vaters! »Alle raus! Ich brauche jetzt fünf verschissene Minuten für mich!«

Sie wollten etwas sagen, standen blöd rum … und sahen mich besorgt an. »RAUS!«, knurrte ich und war froh, als alle endlich das Wohnzimmer verlassen hatten. Jetzt konnte ich wieder richtig durchatmen. Mit einem Finger fuhr ich unter die Fliege und lockerte sie etwas, bevor ich sie ganz runterriss und in die Ecke pfefferte. Das Teil sah sowieso beschissen aus!

Ich schwitzte wie ein Schwein und konnte nicht mehr still sitzen bleiben. Also lief ich ein wenig hin und her, versuchte ruhig zu atmen und nicht durchzudrehen – wieso auch immer.

Ich wollte sie! Wirklich!

Wieso fühlte sich dann alles hier nach einer verschissenen Panikattacke an? Was sollte der Scheiß?

Dabei ging es nicht mal darum, dass ich mich bis an mein Lebensende an Mia binden würde. Für mich war sie DIE Frau. Die eine oder keine! Sondern um die Tatsache, dass ich sie im Grunde nicht verdient hatte. Nur darum! Dann wurde mir etwas ruckartig klar und ich blieb wie angewurzelt stehen. Wenn sie mich jetzt heiratete, konnte sie nicht mehr zurück! Sie würde mit mir den Rest ihres Lebens verbringen müssen – mit mir, dem Bastard …

Zwar waren nun alle Gefahrenquellen beseitigt, aber so gern, wie ich mich in die Scheiße manövrierte, würde das sicher bald wieder passieren. Dazu war sie auch noch schwanger – mit meinem kleinen Mädchen. Obwohl das Geschlecht noch nicht zu sehen war, wusste ich doch, so wahr mir der Scheißer da oben helfe, dass es ein Mädchen war – instinktiv.

Vielleicht sollte ich sie lieber wegbringen.

Irgendwohin … in Sicherheit … an einen abgeschiedenen Ort, an dem ihnen nichts geschehen konnte!

Oder … oder … *ich* würde flüchten!

Wenn ich aus dem Fenster stieg und durch den Garten in den Wald verschwand, würde mich keiner so schnell finden und sie könnte noch einmal von vorn anfangen, ohne an einen Oberpisser wie mich gefesselt zu sein!

Das Klingeln meines Handys durchbrach meine düsteren Gedanken, die ich die letzten Wochen öfter hegte, und das Lied, das spielte, sagte mir sofort, wer dran war. Die *Kings of Leon* sangen "Sex ist on fire" und ich sprang zu dem Telefon, um so schnell wie möglich ranzugehen. Dabei merkte ich, dass meine Hände zitterten wie verrückt.

»Baby …«, keuchte ich und wusste, dass meine Stimme auch bebte.

»Tristan?«, fragte sie, und sobald ich ihre sanfte ruhige Stimme hörte, entspannte sich ein Teil tief in mir. Ich schloss die Augen und ließ mich geschlagen auf die Couch fallen. Mit der freien Hand strich ich mir übers Gesicht.

»Ja … bin hier …« Einige Sekunden war es still, dann kam die Flut.

»Ich … ich … es tut mir leid, wenn ich dich störe … aber ich fahre gerade in einer superteuren Limousine zu unserer Hochzeit und drehe ein kleines bisschen durch und … und … ich weiß nicht, wieso. Weißt du, ich will dich heiraten, nichts lieber als das. Dich zu heiraten ist mein Lebenstraum, aber bist du dir wirklich sicher?

Ich meine, du wirst den Rest deines Lebens mit mir verbringen müssen – für immer! Du wirst keine andere mehr haben können, sonst reiße ich dir den Kopf ab, und du wirst nie wieder Drogen nehmen können oder gar einen anderen Arsch anschauen dürfen und … und … so … Noch kannst du einen Rückzieher machen! Ich würde es dir nicht übel nehmen!« Oh fuck … Ein Stein fiel von meinem Herzen, denn genau hiermit zeigte sie mir wieder mal, wie verdammt perfekt sie für mich war.

»Baby!«, blaffte ich, weil ich es nicht mehr ertragen konnte. »DU kannst noch einen Rückzieher machen! ICH würde es DIR nicht übel nehmen!«

»WAS?«

Ich presste die Zähne aufeinander, bis die ganze verschissene Wahrheit aus mir heraussprudelte.

»Ich bin nicht gut genug für dich. Du kannst jeden verfickten Kerl dieses Planeten haben! Einen ohne abgefuckte Vergangenheit!«

Es folgte unbändige Stille. Dann …

»Sag mal, Tristan …«

»Hmmm?« Angeschlagen strich ich mir durch die Haare.

»Kann es zufällig sein, dass wir wirklich NIEMALS in unserem Leben sicher sein werden, dass der eine für den anderen gut genug ist?«

Ich lachte humorlos. »Yeah … weil es so ist. Du bist tausendmal zu gut für mich, Miss Angel …«

»Und du bist unendlich mal zu gut für mich, Mista Wrangler!« Ich verdrehte die Augen und sie kicherte leise. Ich liebte diesen Laut.

»Ich werde es vermissen, dich Miss Angel zu nennen …«, murmelte ich leise und hörte, wie sie keuchte.

»Tristan, bitte, bring mich nicht zum Weinen – die Schminke. Sie werden mich töten …« Ich lachte leise.

»Ich denke, ich werde dich einfach weiter so nennen. Denn du wirst immer mein Engel bleiben.«

»Oh Gott …«

»Die Person, die mich gerettet hat, vor allem Übel dieser Welt und vor allem vor mir selbst.« Jetzt schluchzte sie leise und mein Herz setzte einen Schlag aus. »Nicht weinen, Baby, es ist nur die Wahrheit.«

»Du hast mich doch zuerst gerettet … Du bist mein Held mit dem knallroten Audi und den dreckigen Gedanken«, wisperte sie leise, doch ich schüttelte den Kopf, obwohl sie es nicht sah.

»Jeder Held braucht etwas, wofür er kämpfen muss – das warst immer du, Mia Baby! Und jetzt beweg deinen Arsch vor den Altar! Ich werde gleich da sein und dich für immer an mich ketten – ob du willst oder nicht. Danach gibt es nur noch dich und mich und Robbie … und das Baby.« Sie kicherte leise und schluchzte gleichzeitig. Dann rotzte sie laut in ein Taschentuch, weswegen mir fast die Ohren wegflogen.

»Okay. Ich bin die in dem weißen Kleid.«

»Dieser Witz ist uralt, Baby.«

»Tut mir leid, ich bin gerade geringfügig damit beschäftigt, das zu retten, was noch von meiner Schminke übrig ist, damit du mich nicht mit einer Darstellerin aus einem Horrorfilm verwechselst!«

»Und selbst mit Waschbäraugen würde ich dich nehmen.«

»Ja, ja … beeil dich, okay?«

»Mach ich, Baby! Ich fliege!«

»Wie ein Truthahn?«

Ich verdrehte die Augen und sie kicherte wieder leise.

»Truthähne können nicht fliegen … jetzt sei ruhig und leg auf!«

»Okay.«

»Du bist immer noch dran …«

»Leg du zuerst auf!«

»Okay …«

»Jetzt bist du noch dran!« Sie lachte laut und ich seufzte.

Ich konnte mich einfach nicht von ihr trennen – nicht einmal am Telefon und für zehn Minuten. Gerade jetzt, wo mir der Arsch auf Grundeis ging wie niemals zuvor, brauchte ich sie … Aber damit ich sie bekam – für immer und ewig –, mussten wir wenigstens kurz voneinander ablassen. »Okay, Baby … jetzt im Ernst. Wir sehen uns in fünfzehn Minuten! Leg auf!«

»Okay.«

»Leg auf, Mia Marena!«

Sie kicherte noch einmal, dann legte sie auf.

Mit dem Tuten in der Leitung überkam mich totale Ruhe.

Ich hatte nun ein Ziel vor Augen, schmiss das Handy auf die Couch und stürmte los.

Scheiß auf meine Haare!

GLOCKENKLINGEN

Mia ›wonderfull – fast‹ Wrangler …

Ich sah Tristans Auto bereits auf dem Parkplatz, als meine Limousine um die Ecke bog. Gott sei Dank hatte ich mein Make-up gerettet und auch sonst meine Fassung wiedererlangt.

Einigermaßen.

Mein Herz schlug mir trotzdem bis zum Hals, als ich seinen rotblitzenden Audi erblickte, denn ich wusste, er würde auf mich warten … für immer, wenn es nötig wäre.

»Oh Gott … ich wollte ja noch nie was von dir, aber bitte steh mir bei!«, murmelte ich leise, bekreuzigte mich und stieg aus dem Auto, sobald der Fahrer die Tür für mich geöffnet hatte. Fest klammerte ich mich an meinen leuchtend roten Blumenstrauß. Der liebliche Duft der überwiegend arrangierten Rosen verursachte mir Übelkeit und die strahlende Sonne, die hoch über dem Chiemsee schwebte, stach in meinen Augen. Ich war so aufgeregt wie noch niemals zuvor in meinem Leben.

Gleich würde ich ihn heiraten, den Mann meiner Träume, genauso wie meinen Psycholover und vor allem meinen ganz persönlichen Sexgott. Alle vereint in einer Symphonie der männlichen Perfektion.

Zwischen den Autos hindurch überquerte ich den Parkplatz, versuchte mir dabei nicht die Beine zu brechen und betrat schließlich den Strand … wo sich bereits alle versammelt hatten. Eine winzige Sekunde schloss ich meine Augen, atmete noch einmal tief durch, dann straffte ich mich und wagte den Schritt aus dem Schatten ins Licht.

Georgi, bemerkte mich als Erster und begann, auf seiner Geige einen wunderbaren, etwas abgehänderten Hochzeitsmarsch zu spielen. David trat an meine Seite, und nachdem ich ihn kurz in seinem Anzug bewundert hatte, hakte ich mich bei ihm ein. Er kam einem Vater am nächsten, sodass ich mir keinen besseren Menschen vorstellen konnte, um mich an den Altar zu führen, selbst wenn mein Erzeuger noch leben würde. Seine warme Hand beruhigte mich, als er die meine drückte, während ich lächelte.

Dann traten alle Gäste zur Seite, sodass ein Gang entstand, und offenbarten mir den Blick auf die kleine Brücke, die sich über einen der Seeausläufer erstreckte.

Die Brücke, an der alles vor etlichen Jahren angefangen hatte. Und dort oben stand er. Tristan ›sexy‹ Wrangler.

Und er war WIRKLICH noch nie schöner gewesen.

Hoch ragte er auf, majestätisch, männlich und selbstbewusst in seinem perfekt sitzenden schwarzen Dreiteiler mit Weste, den chaotischen dunklen Haaren und dem intensivsten Blick, mit dem er mich jemals bedacht hatte. Als er mich sah, keuchte er erst … und wurde kreidebleich. Seine Hände krallten sich sogar in die steinerne Brüstung der Brücke, dann presste er die Lippen aufeinander und sein Ausdruck wurde von unbändigem Stolz erfüllt …

Schüchtern lächelte ich ihn an.

Gleich würde ich ihm gehören – nur ihm – für alle Zeit – so wie er mir.

Es war mir unmöglich, meinen Blick von Tristan zu lösen – wie es schien, nie wieder –, doch David führte mich zum Glück sicher die Treppen zur Brücke hoch … und mit jedem Meter, den ich mich Tristan und dem Pfarrer näherte, wurden meine Beine weicher und mein Herz schlug schneller.

Schließlich waren es nur noch ein paar Schritte und ich konnte nichts mehr außer meinem dröhnenden Herzschlag hören.

Tristan legte den Kopf leicht schief, checkte mich mit einem schelmischen und unsagbar Höschen befeuchtenden Grinsen von oben bis unten ab, worauf ich stolperte, weil er dabei so unsagbar sexy aussah. Als wäre es selbstverständlich, griff er nach vorne, packte meine Hand, die sich nicht an David klammerte, hielt mich vom Fallen ab und zog mich ruckartig an seinen großen starken Körper.

»Vorsicht, Baby!«, wisperte er heiser und strich mir bewundernd eine Strähne aus dem Gesicht.

Dass David mich an ihn übergeben sollte, war vergessen.

Ich war bereits sicher in seinen Armen gelandet und wollte dort für immer bleiben. Wie immer völlig verträumt versank ich in seinem Blick, in diesem intensiven Grünbraun, in den Augen, die mich seit jeher fasziniert hatten, und in dem Lächeln, in das ich mich als Allererstes verliebt hatte. In dem Lächeln, das nur noch mir gehörte – und Robbie und dem Baby …

Das Räuspern des Pfarrers brachte uns wieder ins Hier und Jetzt und wir wandten uns ihm zu, wobei meine Wangen knallrot wurden. Es war derselbe uralte Pfarrer, der schon damals gepredigt hatte, obwohl er mittlerweile mindestens zweihundert Jahre alt sein musste. Aber sein Blick war noch wachsam und zugegeben, auch ein wenig einschüchternd, was aber durch ein witziges Augenzwinkern abgemildert wurde, mit dem er uns über seine dicke Brille hinweg bedachte.

»Mein liebes Brautpaar und Ihr lieben Gäste. Wieso wir uns an diesem malerischen Ort versammelt haben, bedarf wohl keiner Erklärung …« Bereits bei den ersten Worten fühlte ich die Tränen hochsteigen; niemals hätte ich es für möglich gehalten, einmal mit Tristan vor dem Altar oder eben auf unsere Brücke zu stehen und den Bund der Ehe einzugehen.

Er hatte meine Hand nicht losgelassen, drückte sie nun, und oh Gott, ich brauchte diesen Halt wirklich, wirklich dringend!

»Wenn Gott jemals ein Paar füreinander bestimmt hat, dann sind es wohl Tristan Edward Wrangler und Mia Marena Engel. Ihre absolut aufrichtige Liebe zueinander sieht man mit einem Blick. Ich kenne sie schon, seitdem sie noch als kleine Knirpse in meinem Gottesdienst saßen, schon allein deshalb ist es mir eine außerordentliche Freude, diese beiden in den heiligen Bund der Ehe zu führen.«

Tristan streichelte mit seinem Daumen über meine Knöchel, er war mir so nah und er roch so unbeschreiblich gut … Ehrlich gesagt hörte ich die weiteren Worte des Pfarrers nicht mehr, so wie immer, wenn Tristan Wrangler mich berührte.

Erst der Satz: »… aber wer könnte uns besser von ihrer grenzenlosen Liebe zueinander erzählen als Tristan und Mia selbst …«, riss mich wieder aus meiner Trance und ich straffte mich, denn jetzt waren wir dran.

Mit unseren Gelübden …

Oh Gott!

***

Tristan ›Wow‹ Wrangler

Sie war wirklich eine Göttin.

Noch niemals in meinem gesamten Leben hatte ich etwas Schöneres gesehen als mein Mia-Baby, das ganz in Weiß auf mich zukam. Wie ein Traum.

Fast musste ich mich kneifen, flüsterte das auch Tommy zu. Vivi – Mias Brautjungfer – übernahm das kichernd für ihn und zwickte mir fest in den Arsch. Aber nicht einmal das konnte mich dazu bringen, meinen Blick von Mia zu lösen.

Und als sie mir dann typischerweise in die Arme fiel, wusste ich es – sie war genau da, wo sie hingehörte, und dort würde sie immer bleiben …

WENN ich es schaffte, mein verdammtes Gelübde wie ein verdammter Mann hinter mich zu bringen. Jetzt gerade sah es nicht danach aus, denn ich hatte wieder diesen verfluchten Knoten im Hals, als ich ihre Hände in meine nahm und mich ihr zuwandte.

Meine Finger zitterten – tatsächlich! Doch sie umfing sie fest und blickte mir genauso überzeugend in die Augen. Sie lächelte ein wenig … und lenkte somit meine Aufmerksamkeit auf ihre Kirschlippen.

»Kann ich sie nicht gleich küssen?«, wisperte ich dem Pfarrer zu.

»Neeein!«, flüsterte der Komiker hinter vorgehaltener Hand zurück, also schloss ich die Augen … und atmete tief durch. Ich fühlte nur noch sie, dachte nur noch an sie … und mit einem Mal sprudelten die Worte wie von selbst aus mir hervor.

»Weißt du eigentlich, wann ich dich das erste Mal sah? Es war in der großen Pause, irgendwann, als ich in der zweiten Klasse war. Alle Kinder haben zusammen gespielt, aber du standest abseits in deinem abgetragenen gelben Kleidchen … Deine Haare waren nicht so hübsch mit Spangen verziert wie die der anderen und zum Essen hattest du eine trockene Breze dabei. Ich weiß es noch, als wäre es heute … Ich sehe noch deinen Blick vor mir – so sehnsüchtig. Du wolltest dazugehören und hast die anderen Mädchen bewundert, aber eines war niemals in deinen Augen zu finden: Neid, Missgunst … oder Boshaftigkeit. Du hast sogar gelächelt, hast dich gefreut, als die Mädchen sich ihre neuen Sticker zeigten. Du warst voller Mitgefühl und hattest schon damals keinen einzigen Funken Gehässigkeit in dir.

Zu der Zeit konnte ich es noch nicht verstehen … oder gar schätzen. Ich dachte ganz ehrlich, du wärst ein wenig zurückgeblieben …« Ich drückte ihre Hände fester, während ihr schon die ersten Tränen in die Augen gestiegen waren, denn sie sollte bloß nicht auf die Idee kommen, dass ich sie immer noch so sah.

Sie lächelte und ihre Lippen bebten dabei … »Ab da beobachtete ich dich jeden Morgen … Ich wartete förmlich darauf, dass sie dich brechen würden. Dass du ausflippen würdest, dass sich Missgunst in deine Züge schleichen und sie entstellen würde wie bei allen anderen, doch es passierte nicht. Niemals.

Du hattest so wenig, genau genommen, hattest du nichts … und doch schienst du zufrieden damit.

Ich konnte das nicht verstehen, ich wollte es auch gar nicht verstehen. Schließlich hatte ich alles und war trotzdem niemals so zufrieden wie du. Es war eine Art … irre Faszination, die mich dazu brachte, dir all diese Dinge anzutun … Ich habe versucht, dich über die Grenze zu treiben, aber mir ist es nie gelungen. Schon damals nicht und später erst recht nicht.

Denn du bist die stärkste Person, der ich jemals begegnet bin, und dafür brauchst du keine Muskeln. Deine Stärke kommt aus deinem Herzen.« Die ersten Schluchzer zerstörten fast meine Rede, aber ich ignorierte sie, versank nur in ihren Augen und sprach weiter, während ich meine Hand genau dorthin legte, wo ihr Herz wie wild schlug. Sie legte ihre Hände über meine und eine Träne rann ihre Wange herab, was sie fast unerträglich schön machte.

»Ich habe wirklich lange gebraucht, um das zu verstehen und vor allem zu schätzen … Du bist intelligent, talentiert und wahnsinnig witzig, aber deine größte Stärke ist deine Fähigkeit, zu lieben, und das völlig bedingungslos.

Was habe ich dir nicht alles angetan? Ich habe dich gef… äh … als wärst du nichts wert, damals, genau hier unter dieser Brücke. Am nächsten Morgen habe ich dich beleidigt und von mir gestoßen. Aber du hast nicht locker gelassen. Während des Shootings in der Turnhalle hast du mir völlig den Verstand geraubt, auch wenn ich nichts weiter wollte, als mir zu beweisen, dass du ein Nichts für mich bist, so wie jeder andere Mensch auf diesem Planeten. Dabei habe ich nicht erkannt, dass du schon da ALLES für mich warst. Ich konnte an nichts anderes mehr denken als an dich.

Als ich es endlich merkte, war es bereits zu spät. Ich stieß dich von mir … Wir verbrachten etliche Jahre getrennt, doch dann hat das Schicksal erneut zugeschlagen und dich in meine Arme getrieben. Ich wollte dich zerquetschen, zerstören – komplett. Aber wieder hast du mit deiner Spezialwaffe gekämpft … und siehe da …« Langsam löste ich meine Finger von ihr und knöpfte mein Hemd auf.

Ein leises Raunen ging durch die Menge und Mia sah mich mit gerunzelter Stirn an, doch dann keuchte sie auf, als ich den Stoff zur Seite schob.

Vorsichtig berührte sie mit zitternden Fingern meine Brust und die Tränen liefen unablässig über ihre Wangen. Ich legte meine Hand über ihre … hielt sie fest.

»Du hast mich geheilt«, wisperte ich leise. »Als die Dunkelheit mich völlig zu verschlingen drohte, bist du wieder in mein Leben getreten und hast mir das Licht gezeigt, hast mir erneut gezeigt, was Liebe ist und wie sich Liebe anfühlt und dass sie es wert ist, um sie zu kämpfen.«

Mit ihrer winzigen Hand in meinen ging ich vor ihr auf die Knie. »Und das ist es, was ich dir hiermit schwöre, Mia-Baby … Denn ich weiß bei dem Pisser da oben, so eine Ehe ist kein Zuckerschlecken: Ich werde um unsere Liebe kämpfen, ich werde um *dich* kämpfen. Denn du bist meine Luft, meine Sonne und meine Wärme. Du bist mein Leben – für immer, Mia Engel.«

HERZRASEN

Mia ›schwimmt vor Tränen davon – GLEICH‹
Wrangler

Er hatte die Tätowierung geändert! Der Verrückte! Von dem gebrochenen splitternden Herzen und der Frauenhand, die es anschnipste, war nichts mehr zu erkennen. Stattdessen schmückte diese Stelle ein heiles Herz – ein echt aussehendes. Mit Stacheldraht verwoben schützten es zwei Namen.

Mia

Robbie

Außerdem gab es noch Platz für einen dritten …

Ich konnte es nicht glauben, genauso wenig wie seine wunderschönen Worte.

Alle Frauen heulten, sogar ein paar Männer, und so schämte ich mich nicht meiner Tränen und ging auch vor ihm auf die Knie.

Fest nahm ich seine Hände in meine und drückte sie an meine Brust, sah ihm tief in die Augen, denn nun war es Zeit für meinen Schwur, der mir völlig entfallen war aber trotzdem wusste ich, was ich darauf antworten wollte.

»Weißt du, wieso ich während meiner Kindheit niemals mein Lächeln verlor, das du täglich heimlich beobachtet hast? Wieso ich jeden Tag an diesen grausamen Ort ging, der sich Schule nannte? Der Grund warst du …

Dich nur ein Mal am Tag zu sehen, war jedes Martyrium wert. Du warst der Erste, der für mich einstand, du warst der Erste, der mir gezeigt hat, dass ich MEHR bin als das, was ich in mir sah.

Und erst durch dich habe ich auch gelernt, dass alles Schlimme, was ich erlebt habe, es wert war. Denn ich habe dafür alles bekommen, was ich jemals wollte. Den Mann meiner Träume.

Weißt du eigentlich, wann ich mich in dich verliebt habe? Beim ersten Blick. Wie auch nicht … Du weißt selber, wie atemberaubend du bist und ich werde dein Ego nicht noch füttern …« Ich kicherte leise und die Gäste taten es mir gleich, doch dann wurde ich wieder ernst und drückte seine Hände noch fester. »Aber völlig den Kopf weggefegt hast du mir, als du mein Bild betrachtet hast, das Bild, das ich gemalt habe – von unserer Lichtung. Du hast gelächelt, aus vollem Herzen. Es war so wunderschön. Dieses Lächeln eroberte unwiderruflich mein Herz. Und ich verspreche dir hiermit, dass ich jeden Tag meines Lebens, den ich neben dir aufwachen darf, damit verbringen werde, alles Erdenkliche dafür zu tun, dass dieses Lächeln niemals verschwindet.« Er bedachte mich in dem Moment genau mit jenem Lächeln, von dem ich gesprochen hatte, was aber beinahe nebensächlich wurde, denn Tristan Wrangler hatte tatsächlich Tränen in dem Augen. Woah!

Ich konnte nicht anders, wollte mich nach vorne werfen, meine Arme um seinen Hals schlingen, mich an seine Brust kuscheln und ihn nie wieder loslassen, aber der Pfarrer rief: »STOPP! Noch nicht!«, und tupfte sich mit dem Ärmel ein paar Tränen fort. »Wenn das Brautpaar bitte aufstehen würde, bevor die Situation außer Kontrolle gerät …« Er räusperte sich … die Menge grölte vor Lachen, während alle gleichzeitig heulten.

Tristan lachte leise und mir lief Gänsehaut den Rücken hinab, dann strich er mir die Tränen von den Wangen und stand auf. Er zog mich auf die Beine, schlang aber einen Arm um meine Schulter und drückte mich an sich.

Vivi, meine Trauzeugin, Tom und Phil, die sich beide an die kleine Schatulle klammerten, traten heran und ich wusste, jetzt gleich war es so weit. Nur noch einen Augenblick und die legendären Worte war ich davon entfernt, tatsächlich Tristans Frau zu werden.

Sterne tanzten vor meinem inneren Auge, allein bei dem Gedanken daran. Zum Glück hielt mich Tristan, ansonsten wäre ich wohl umgekippt.

»Ruhig, Baby …«, murmelte er mir zu und küsste meine Schläfe.

Ich schloss die Lider und atmete ein paar Mal tief durch, bevor wir uns voneinander lösten, er meine Hand nahm, mir tief in die Augen sah und mit seiner wunderschönen höschenschmelzenden Stimme hauchte: »Mia Baby, willst du meine Frau werden? In fucking guten und schlechten Tagen ...«

Der Pfarrer rief: »Nein, nein, nein, so weit sind wir noch nicht!« Tristan verstummte etwas angepisst.

»WAS DENN NOCH?«, grollte er und ich kicherte leise.

Der Pfarrer antwortete völlig trocken: »Ich glaube, die Frage, ob jemand etwas gegen die Verbindung dieser beiden hat, kann ich mir sparen ... Also ... Tristan Edward Wrangler, willst Du die hier anwesende Mia Marena Engel zu deiner Ehefrau nehmen. In guten wie in schlechten Zeiten, in Gesundheit und in Krankheit...«

»Ja, ja, ja, VERDAMMT NOCH MAL JA!«, zischte Tristan angepisst, rammte mir den Ring auf den Finger und wollte sich vorbeugen, um mich zu küssen.

Zum Glück nahm es der Pfarrer mit Humor, hielt ihn lässig an der Brust auf und drückte ihn zurück. Woraufhin ihn mein FAST-Ehemann anknurrte, doch er ließ es geschehen. »Wir sollten Mia zumindest die Möglichkeit geben, auch etwas dazu zu sagen.«

Der berühmt-berüchtigte Muskel an Tristans Wange zuckte. Ich betete, dass er sein Temperament wenigstens noch ein paar Sekunden zügeln würde und versuchte, ihn mit Blicken zu beruhigen.

»Und willst du, Mia Marena Engel ...«, sprach der Pfarrer feierlich weiter, als würde er meinen Ehemann nicht immer noch mit der Hand von mir abhalten müssen, »den hier anwesenden, ziemlich ungeduldigen Tristan Edward Wrangler zu deinem Ehemann nehmen? Ihn in guten wie in schlechten Zeiten, in Gesundheit und Krankheit ehren und lieben, bis dass der Tod euch scheidet?«

»Ja, ich will«, hauchte ich aus vollem Herzen, nahm seine wunderschöne Hand, die genauso bebte wie meine, und zog ihm den Ring über diesen einen Finger, den ich zusammen mit seinem Zeigefinger am liebsten in mir spürte

… Bei dem Gedanken wurde ich knallrot und Tristan gluckste leise.

Dann nahm er die Hand des Pfarrers mit einem triumphierenden »Ich werde die Braut jetzt küssen!« von seiner Brust, der nur den Kopf schüttelnd abwinkte und einen Schritt zurücktrat.

Tristan riss mich bereits an sich, mein Gesicht jedoch umfasste er sanft und sah mir tief in die Augen.

»Jetzt bist du mein, Mia Wrangler«, wisperte Tristan und ich hauchte: »Für immer …«, während mir schon wieder die Tränen kamen und mein Herz einen wahren Freudentanz aufführte.

Lächelnd beugte er sich herab und küsste mich mit unendlicher Zärtlichkeit, mit Hingabe und vor allem so verführerisch, dass meine Beine drohten, nachzugeben.

Jetzt bin ich tatsächlich die Frau von Tristan ›fucking hot‹ Wrangler!

WOAH!

Das grosse Fressen

Mia ›endlich‹ Wrangler

Mein hysterisches Kichern durchbrach den besten Hochzeitskuss aller Zeiten.

Am liebsten wäre ich durch die Reihen der Hochzeitsgäste gelaufen, kreischend und jubelnd, mit hoch erhobener Hand, sodass das Sonnenlicht den Ring zum Funkeln gebracht hätte. Aber dafür hätte ich Tristan loslassen müssen, und das war einfach nicht möglich.

Er lachte, wirbelte mich herum und hob tatsächlich meine Hand, als hätte er gespürt, was ich wollte.

Die Sonnenstrahlen ließen den Ring glitzern, während ich schniefte und die Gäste wild applaudierten. Ich wurde knallrot und machte einen Knicks, bevor Tristan meine Finger mit seinen verschränkte und den Ring küsste. Dabei sah er mir tief in die Augen und ich versank eine kleine Ewigkeit lang in seinen. Die Ergebenheit und grenzenlose Liebe in seinem Blick gehörten nur mir. Mir ganz allein!

Die Glücksgefühle, die mich durchströmten, waren so intensiv, dass ich nur noch mehr weinen musste.

»Ich würde auch heulen …«, murmelte er schließlich schmunzelnd und strich mir eine Strähne aus dem Gesicht. »Wenn ich so ein Arschloch wie mich geheiratet hätte.«

Ich lachte und schrie im nächsten Moment, weil er mich auf die Arme hob. Zitternd klammerte ich mich an seinen

Nacken und schmiegte mein Gesicht an seinen duftenden Hals.

Mein Herz schlug so fest und lebendig in meiner Brust wie noch niemals zuvor.

»DAS GROSSE FRESSEN KANN BEGINNEN!«, rief er und trug mich die Treppen zum Strand hinunter, wo wir im Schatten der Bäume feiern würden.

***

Ein riesiger Grill bot alles, was die ausgehungerte Hochzeitsgesellschaft wollte. Fisch, Fleisch – und zwar viel Fleisch, ich hatte schließlich einen Wrangler geheiratet –, aber auch vegetarische Spieße wurden von Philip Wrangler und der herumkommandierenden Katharina persönlich liebevoll gedreht und gewendet. Daneben befanden sich außergewöhnliche Dips, köstliche Salatvariationen, Basilikumbaguettes, Bärlauchbrote und natürlich unsere Hochzeitstorte. Sie war ein fünfstöckiger Traum aus Buttercreme, Erdbeeren und anderen Köstlichkeiten. Gekrönt wurde sie von einem roten Audi, in auf dem ein Truthahn saß. Ha, ha.

Eigentlich war das nicht so geplant gewesen, aber Tristan fand die Idee unglaublich witzig, als er mich zu unseren Plätzen am Kopf einer riesigen Tafel führte. Sie war ein Geschenk der Trauzeugen …

Er zog mir den Stuhl zurück und ich ließ mich schwerfällig fallen.

»GOTT! Bin ich froh, dass ich sitze … es brennt so!«, seufzte ich, während Vivi sich mit Robbie auf dem Schoß neben mir Platz nahm. Nur Tristan runzelte die Stirn – und blieb stehen.

»*Was* brennt? Und sag jetzt ja nicht deine…«

»Meine Füße!«, unterbrach ich ihn, bevor er es aussprechen konnte.

»Wieso?«

»Na wegen der Schuhe!«

»Hmpf!« Sofort ging neben mir in die Knie und zog mir den Heel vom Fuß. Die anderen Gäste, die sich fröhlich schwatzend zu ihren Plätzen begaben, warfen ihm amüsierte Blicke zu, während ich knallrot wurde. »Tristan, es ist schon okay … Außerdem stinken meine Füße!«

»Klappe!«, kam nur unter der Tischdecke hervor, als er auch mit dem zweiten Schuh kurzen Prozess machte, indem er ihn davonschleuderte. Ich kicherte, genauso wie Vivi, und Tom an Tristans anderer Seite. Phil und Tom hatten beschlossen, im Stundentakt ihre Plätze zu tauschen, denn sie waren schließlich beide Tristans Trauzeugen.

Als mein Ehemann wieder unter dem Tisch hochkroch, saßen die anderen Gäste bereits und sahen ihn erwartungsvoll an.

»Was habt ihr nur für verfickt schmutzige Gedanken? Ich habe nur ihre Füße gerettet!«, meinte er locker zu der Menge, die darauf laut lachte, und setzte sich dann neben mich. »Wo ist der verdammte Alkohol?«, fragte er dann und die Kellner beeilten sich, die köstlichsten – für mich alkoholfreien – Cocktails zu servieren.

»Was steht jetzt auf dem verdammten Plan, Baby? Wenn ich nicht bald was zwischen die Zähne bekomme, beiße ich ein Stück von dir ab!«, murmelte er mir zu, sobald er sein Bier in der Hand hatte und es zum Prosten in die Luft hielt. Alle anderen Gäste taten es ihm gleich und warteten.

»Die Tischrede«, wisperte ich ihm zu und er seufzte schwer, ließ seinen Kopf nach vorne fallen und hämmerte mit der Stirn auf den Tisch. Ich lachte und schob ihn an der Schulter wieder zurück.

»Bevor mein Bruder einen qualvollen Hungertod stirbt und Mia schon wieder Witwe wird, erbarme ich mich und sage ein paar Worte zu dem kleinen Pisser …«

Es war Philip, der aufstand. Er sah Tristan direkt an, der neben ihm saß. »Du sagtest vorhin, Mias Gabe sei ihr großes Herz, aber bei dir ist das genauso. Und ich bin stolz darauf, sagen zu dürfen, das Tristan Wrangler mein Bruder ist. Denn Tristan Wrangler ist ein Mann mit Ehre, Stolz, Güte, aber vor allem Leidenschaft und ist bereit für die Menschen, die er liebt, alles zu tun. Tristan Wrangler ist ein RICHTIGER Mann.«

Alle raunten zustimmend und hielten ihre Gläser bei jedem Wort ein bisschen höher in die Luft, genauso wie Philip, während ich völlig baff war. Das hätte ich von ihm niemals erwartet. Er legte seinem kleinen Bruder die Hand auf die Schulter. »Und so stolz, wie ich auf dich bin, wäre es auch unsere Mutter.«

Dann beugte er sich vor, umfasste Tristans Kopf mit einer Hand und gab ihm einen Schmatzer auf die Stirn. Tristan war komplett erstarrt, doch als Philip zurückwich, hatten beide Tränen in den Augen.

Genauso wie ich. Na gut … okay … eigentlich heulte ich wie ein Schlosshund.

Philip stieß zuerst mit mir an, zwinkerte mir zu und ich lächelte schüchtern. »Willkommen in der Familie Wrangler, Mia! Jetzt bist du offiziell dort, wo du schon immer hingehörst!« Noch einmal hob er sein Glas und alle prosteten uns zu, bevor sie tranken.

Nach dieser kurzen, aber ergreifenden Rede wurde Tristan endlich gerettet und bekam sein Essen. Viel Essen. Sehr viel. Trotzdem war er immer noch sehr angespannt und etwas bleich.

Während alle fröhlich schnatterten und tranken, legte ich meine Hand auf seinen Oberschenkel und beugte mich zu ihm. »Was ist los?«, wisperte ich und er seufzte, bevor er nur wortlos den Kopf schüttelte, meine Hand nahm und wieder meinen Ring küsste.

Ich erschauerte, als er sie umdrehte und auch mein Gelenk küsste … und meinen Unterarm … hinauf bis zu meiner Schulter. An der Hüfte zog er mich schließlich einfach auf seinen Schoß, umfing mich mit beiden Armen und vergrub sein Gesicht an meinem Nacken. Das Essen war vergessen.

»Ich kann es immer noch nicht glauben …«, murmelte er heiser, während ich mit meinen Fingern durch seine Haare fuhr und ihn sanft kraulte. »Ich meine … du hast schon immer mir gehört, Baby. Du warst vom ersten Fick an mein Mädchen, aber jetzt … jetzt bist du meine Frau. Es ist wirklich der schönste Tag in meinem verfickten Leben und doch habe ich verdammte Todesangst …«

»Wieso?«

»Es zu versauen.« Das war doch jetzt nicht sein Ernst!

»Tristan!« Ich wollte von ihm zurückweichen, aber er hielt mich fester. Also verdrehte ich die Augen und hielt ihn auch fester. »Hast du es denn immer noch nicht gelernt?«

Das brachte ihn dazu, seinen Klammergriff freiwillig ein wenig zu lockern, damit er zu mir hochblinzeln konnte.

»Was?«

Ich lächelte und strich sanft über sein perfekt rasiertes, kantiges Kinn. »Dass du nichts tun kannst, was mich jemals dazu bringt, dich zu verlassen.«

PARTY UND ANDERE KATASTROPHEN

TRISTAN ›hunting‹ WRANGLER

Ständig wurde mir nachgeschenkt, wofür ich richtig dankbar war, sonst hätte ich diese Scheiße echt nicht überlebt. Wir spielten verdammte Kindergartenspiele und JEDER – wirklich jeder – hatte etwas über Mia und mich zu sagen. Es wurden die peinlichsten Geschichten fröhlich zum Besten gegeben. MEINE FRAU... Oh fuck, jedes Mal, wenn ich daran dachte, dass wir jetzt verheiratet waren, musste ich sie küssen oder den Ring, glich entweder einer Tomate oder einer Leiche. Während Tommy genauestens demonstrierte, was für Töne wir in unserer Jugend in meinem Zimmer so von uns gegeben und was für enorme Arschcreme-Mengen wir dabei verbraucht hatten, vertrieb ich mir die Zeit damit, mich über Mias Mimik und Gesichtsfärbung zu amüsieren.

Mein Dad reihte sich auch ein, ebenso wie natürlich Katharina. Vivi jedoch rührte uns mit ihrer Rede alle zu Tränen, sogar mich – zumindest fast. Doch als ich ein wenig später meinen Blick über die Gäste schweifen ließ und meine Familie nach wie vor damit beschäftigt war, Anekdoten über uns zu erzählen, wurde mir schwer ums Herz. Mein Vater war da, meine Brüder waren da und etliche andere Wranglers. Aber auf dieser beschissenen

Hochzeit gab es nicht ein einziges Familienmitglied von Mia. Genau genommen waren Schwester Carmen, Lena, Georgi … und dieser verdammte Arschkrapfen die einzigen, die nicht zur Familie gehörten und auch wegen Mia gekommen waren. Der Köter zog sie übrigens die gesamte Zeit mit seinem gierigen Blick aus, während er das Essen ohne Sinn und Verstand in sich reinschaufelte und sich dabei wahrscheinlich vorstellte, sie zu fressen.

Aber wer hätte schon von ihrer Familie kommen sollen?

Ihr Vater war tot – natürlich war er das! Ich hatte damals gehandelt, ohne zu zögern. Innerhalb von ein paar Stunden war ich bei ihm gewesen, nachdem Mia wieder in mein Leben getreten war, hatte fröhlich geklingelt, mich dabei locker in den Türrahmen gelehnt und sein dämliches Gesicht genossen, als ich plötzlich vor ihm stand. Bevor er auch nur einen Mucks von sich geben konnte, lag er bereits bewusstlos in meinem Kofferraum. Doch dieses Mal war es nicht nur eine jugendliche Racheaktion. Dieses Mal machte ich ernst und nahm ihn auf einen etwas speziellen Angelausflug mit. Er würde nicht noch einmal dazwischenfunken! Während er den Köder spielen musste, hatte er dabei aus unerfindlichen Gründen einen Herzinfarkt, was wirklich ärgerlich war. Schließlich hatte ich mir so schöne Dinge für ihn ausgedacht. Doch andererseits war es um ihn nicht schade. Weder ein schlechtes Gewissen noch Reue suchten mich seit damals heim, nur das befriedigende Gefühl, etwas Gutes getan zu haben, indem ich die Menschheit von diesem Abschaum befreit hatte.

Von ihrer Mutter fehlte, seit ich sie damals ausbezahlt hatte, jede Spur. Nicht dass sie eine Einladung bekommen hätte. Schließlich war sie nie für Mia da gewesen, im Gegenteil, weshalb sie es auch nicht verdient hatte, nun mit uns zu feiern.

Ihr Onkelficker war ebenfalls wie vom Erdboden verschluckt und da sollte er auch bleiben. Mia hatte erzählt, dass es wohl keinen weiteren Verwandten gab, während sich im Gegenzug scheinbar mein gesamter Stammbaum eingefunden hatte. Teilweise waren sogar so ferne Verwandte gekommen, die ich lediglich vom Hörensagen kannte.

Nach dem großen Fressgelage nahmen wir allein eine Stunde lang Glückwünsche und Geschenke entgegen und packten diese dann mindestens genauso lange aus.

Und dabei trank ich … und trank noch ein bisschen mehr …

Dann schnitten wir die Hochzeitstorte an und schlugen uns auch noch damit die Bäuche voll, sodass alle völlig fertig auf ihren Stühlen hingen. Aber es blieb nicht viel Zeit, um sich auszuruhen, denn anschließend erklangen die ersten Töne der Liveband, die etwas abseits auf einem Podium stand.

Eine langsame, soulige Version von "Sex is on fire"! Natürlich, was auch sonst?

Und in dem Moment fiel mir auf, dass ich vielleicht nicht GANZ so viel hätte trinken sollen, denn ich musste ja noch mit meiner Braut tanzen und sie vor allem vögeln!

Die Chancen standen gut, dass wir die Feier vorzeitig verlassen oder ganz beenden konnten, wenn ich mir die Gäste so ansah. Also wandte ich mich an MEINE FRAU, deren Augen so vielversprechend funkelten, dass ich sofort auf die Beine schnellte, ihre Hand nahm und sie zu der Tanzfläche auf einer kleinen Terrasse am See führte.

Sie war barfuß deutlich kleiner, also musste sie ihr Kleid ein wenig raffen, damit es nicht über den Boden schliff. Vor der gerade untergehenden Sonne zog ich sie in meine Arme, während ich mich meinen Blick nicht von ihrem wunderschönen Gesicht abwenden konnte, und wiegte uns langsam im Takt der Musik.

Sie legte ihre Wange an meine Brust und schloss die Augen – ließ sich so vertrauensvoll von mir leiten, wie das immer ihre Art war.

»Tut es dir leid?«, fragte ich leise und sie verspannte sich etwas.

»Was?«

»Dass niemand von deiner Familie da ist …«, murmelte ich und streichelte sie mit dem Daumen.

»Wieso? Meine Familie ist doch da …«, antwortete sie, aber ich verstand nicht, bis sie weitersprach: »Ich bin jetzt ein Teil von dir … und ich habe doch alle Menschen um mich, die mir wichtig sind. Sie sind meine selbstgewählte Familie, denn sie geben mir das, was mir meine Verwandten nie geben konnten, und jetzt sei still und hör′ vor allem BITTE auf, deinen Ficker an mir zu reiben …«

»Boah, Mia!«

»Was denn?« Sie kicherte leise.

»Sag das Wort Ficker nicht, sonst fühlt er sich angesprochen!«

Sie lachte laut, schmiegte sich dann aber wieder seufzend enger an mich. »Okay … eigentlich mag ich es ja, wenn er das tut … Nur nicht vor all den Menschen.«

»Vergiss sie. Sie sind unwichtig.«

»Ich weiß …«, hauchte sie und sah mich an – offen, wunderschön und so voller Liebe.

Ich bettete ihr kostbares Gesicht in meine Hände, beugte mich vor und küsste sie zärtlich, während wir uns weiter im Takt wiegten, und ich meine Hüften noch ein wenig mehr bewegte – ganz langsam und träge, aber so, dass sie an ihrem Bauch deutlich spürte, wie *Er* immer größer wurde. Wie sehr mich dieser sinnliche Kuss anmachte und wie wenig ich es erwarten konnte, endlich mit ihr unsere Hochzeitsnacht verbringen zu dürfen.

Sie stöhnte in meinen Mund und krallte sich in meine Unterarme, während ihre Lippen hungriger wurden und sie sich noch enger an mich schmiegte. Ihr kleiner lustvoller Laut war mein Untergang.

Ich vergaß alles um uns herum, registrierte weder, dass das Lied geendet hatte, noch, dass mittlerweile etwas Schnelleres gespielt wurde. Stattdessen küsste ich sie mit allem, was ich hatte, was ich für sie empfand und mit allem, was ich war. Wir verloren uns völlig ineinander, als wären wir wieder hormongesteuerte Teenies während wir von dem Schein der Lichterketten, mit denen die Bäume geschmückt waren, erhellt wurden.

Auch mir entkam ein heiseres Geräusch … und ich knabberte zärtlich an ihrer Unterlippe, bevor ich sie fester packte und inniger küsste. Ich wollte sie – jetzt, sofort. Und sie würde es nicht nur über sich ergehen lassen, sondern es mindestens so genießen wie ich. Natürlich würde sie das, es ging hier schließlich um Mia.

Mit einem Mal tippte mir jemand auf die Schulter, was ich aber ignorierte und sie weiter küsste.

»Hey!« Es war auch noch der Krapfen! Na super! »Die Braut erstickt gleich!«

»Du erstickst gleich, wenn du uns nicht in Ruhe lässt!«, knurrte ich direkt an ihrem Mund, doch sie schob mich an der Brust von sich – knallrot und keuchend.

What a fuck?

Ich funkelte sie an, wie nur ich es konnte, doch sie stellte sich auf die Zehenspitzen und gab mir noch einen besänftigenden Kuss.

»Später, Tristan … Hinter dir steht schon eine Schlange und will mit dir tanzen.« Damit legte sie ihre Hand in MARTINS und ließ sich von ihm an sich ziehen.

»VORSICHT! Sie ist schwanger, verdammt!«, blaffte ich ihn an, doch Vivi verstellte mir den Weg. Ich schielte mit verengten Augen um sie herum, um zu kontrollieren, dass er ja seine Hände nicht ins Sperrgebiet verfrachtete oder ihren Bauch zu fest an sich drückte, bis winzige Finger mein Kinn umfassten und mein Gesicht von dem Albtraum in Kötergestalt wegdrehten.

»Er wird sie schon nicht entführen!« Das war zwar nicht witzig, aber Vivi lachte dennoch über ihren eigenen Scherz, nahm meinen Arm und schlang ihn sich um die dürre Taille. Dann legte sie ihre kleine Hand in meine und drehte mich mit enormer Kraft herum, sodass ich Mia nicht mehr ansehen konnte.

»Da wäre ich mir nicht so sicher!«, knurrte ich, sah sie aber endlich an und konzentrierte mich darauf, ihr bei dem schnellen Song nicht auf die Füße zu steigen. Als Nächstes wirbelte Katharina in meine Arme.

»Hey, du Zicke!«

»Hi, du Penner!«, säuselte sie zurück und tanzte so mit mir, wie nur sie es konnte, woraufhin Philip mich umbringen wollte. Aber Tommy hielt ihn von mir ab, während ich ihm den Mittelfinger zeigte. Dann kam Lena an die Reihe und nach ihr so ungefähr jede andere Schlunze auf dieser verkackten Hochzeit. Besonders »nett« war es mit einer zwölfjährigen Göre, die so damit beschäftigt war, mich mit ihren Riesenaugen zu verschlingen, dass sie mir die ganze Zeit auf die Füße trampelte.

Nach einer gefühlten Ewigkeit und einem schnellen Salsa mit Katharina der Großen war ich nassgeschwitzt und ging zur Strandbar, um ausnahmsweise ein Wasser zu bestellen. Dabei fühlte ich mich um Jahre zurückversetzt – wie ein Déjà-vu –, als ich meinen Blick über die ausgelassen feiernde Masse gleiten ließ. Doch ich fand kein strahlend weißes Kleid … Nope …

Mit verengten Augen suchte ich auch die Tische etwas abseits ab, sogar die Bühne mit der Band. Aber sie war nicht da!

Verdammter Fuck!

Verwirrt ging ich zu Tommy und Vivi, die am Rande der Tanzfläche saßen und quatschten. »Habt ihr Mia gesehen?«

»Nö!«, antworteten sie abgelenkt und ich ging grummelnd weiter.

Keiner konnte mir sagen, wo sie war … verdammte Kacke! Wo war meine Braut hin?! Mit einem unguten Gefühl stürmte ich zu den angrenzenden Toiletten und rief dort nach Mia, mir antwortete nur hysterisches Gekreische, doch sie war nicht darunter. Was zum Fuck sollte das?

Nun echt angepisst stürmte ich wieder zurück und packte mir das erstbeste Familienmitglied, das mir unter die Nase kam. Es war Phil, und so, wie der mich ansah, hatte er was damit zu tun!

»Ich frage jetzt noch ein einziges Mal nett. WO. IST. MIA?« Er grinste breit, nahm meine Hände von seinem Kragen und richtete ihn würdevoll.

»Was, du hast schon deine Braut verloren? Nach … fünf Stunden Ehe? Mann, Brüderchen, du musst immer extremer sein als andere.« Bevor ich richtig ausholen konnte, hatte er meine Faust schon gepackt.

»Bleib ruhig, sie ist gekidnappt …«

»WAS?«, brüllte ich und mir wurde fast schwarz vor Augen.

»Von Luca …«, ergänzte er noch gelangweilt und meine Optik lichtete sich wieder.

»Verdammter Scheiß, Phil, das ist nicht witzig!«

»Doch. Wenn man es genau nimmt, schon.« So, wie er grinste, fand er das ECHT witzig! Ich hingegen kämpfte mit mir, um ihm nicht doch eine spezielle Gesichtsbehandlung zu verpassen, da gesellten sich unauffällig Tommy und Vivi zu uns.

»Gibt es ein Problem?«, fragte Vivi mit großen Augen und ich machte einen Schritt auf sie zu, aber Phil hielt mich an der Brust auf und tätschelte sie auch noch.

»Mia hat den Ernst der Lage erkannt und ist geflüchtet.«

Vivi kicherte.

»Wo habt ihr sie hingebracht?«

»Tja, wenn wir das nur wüssten...«, säuselte Tommy. »Aber ich denke, du solltest vielleicht dort anfangen zu suchen, wo ihr … ähm … euer erstes ähm *Aufeinandertreffen* hattet …«

Sofort stürmte ich auf die Brücke zu und hechtete darunter. Ich wusste noch genau, wo ich am nächsten Morgen aufgewacht war, und tatsächlich, dort im dichten grünen Gras lag ein winziges Kuvert. Ehrlich, es war so klein, ich konnte es kaum öffnen, doch schließlich schaffte ich es und entnahm ihm einen Zettel.

»*Hallo, mein Held!*« Das war eindeutig Mias kraklige Handschrift. »*Diese Scherzkekse dachten, es sei, lustig. Also, wenn du genauso wie ich daran interessiert bist, eine unfuckingfassbare Hochzeitsnacht mit mir zu verbringen, dann flipp nicht aus und rette mich (wieder mal)! Um mich zu finden, musst du dem Pfad unserer Liebe folgen. Begebe dich nun dorthin, wo du mir das erste Mal den Himmel gezeigt hast, und suche nach weiteren Anweisungen.«*

GUT! Das wusste ich nur zu genau! Sofort stürmte ich zu meinem Auto und zog Katharina mit, denn die war noch nüchtern.

»Wohin«, fragte sie aufgeregt, sobald wir saßen, und streifte sich stöhnend ihre Monsterheels von den Beinen.

»Zur Turnhalle!«

Sie kicherte. »Okay!« Dann startete sie den Motor und raste los.

***

Die Turnhalle war zum Glück offen – wieso auch immer. Darin befand sich ganz einsam eine Kamera auf einem Stativ und am hinteren Ende war eine weiße Leinwand gespannt. Genauso wie damals.

Ich konnte Mia noch vor mir sehen. So schüchtern und doch wunderschön. Wie sie vor mir stand und sich für ihren Körper schämte, nur weil er keine Idealmaße besaß. Wie sie mich ansah – als wäre ich ein Gott. Wie sie an meinen Lippen hing ... ich hörte ihr Stöhnen und fühlte fast dieses Prickeln, das schon damals unsagbar intensiv gewesen war.

Doch nirgendwo entdeckte ich einen verkackten Zettel! Ich suchte gute zehn Minuten, dann war meine Geduld am Ende.

»WO!«, brüllte ich Katharina an, die mit verschränkten Armen im Türrahmen lehnte und mich breit grinsend in ihrem violetten Kleid beobachtete, und riss das verdammte Laken, das als Leinwand diente, herunter.

Sie zuckte nur mit den Schultern – arrogantes Miststück! Doch dann deutete sie mit dem Kinn zu dem Stativ.

Grummelnd ging ich zu der Kamera, schaltete sie ein und rief das letzte Bild auf. Es zeigte Mia, wie sie mir einen verdammten Kussmund zuschickte und einen weiteren Zettel vor ihre Brust hielt.

»*Nachdem du dich auf dem Schulparkplatz gegen meinen Vater gestellt hast und für mich eingetreten bist, habe ich mir so gewünscht, dass du zu mir kommst und meine Wunden heilst ... Du bist gekommen. Dabei nahmst du mein Herz mit und hast im Gegenzug deinen Namen für mich hinterlassen. Komm auch jetzt, die Uhr tickt ...*«

Kaum hatte ich zu Ende gelesen, steuerte ich den Ausgang an, packte im Vorbeigehen Katharina am Handgelenk und zerrte sie mit.

Es war auch nicht besonders weit zu Mias altem Haus.

Grau und dreckig ragte der Block immer noch in die dunkle Nacht hinauf. Wir parkten fast dort, wo ich meinen Wagen auch damals abgestellt hatte. Als Katha den Motor ausmachte, hechtete ich schon aus dem Auto.

Ich rannte über die Wiese zu dem Haus, zum Glück stürmte es diesmal nicht. Aber da … stand sie, als hätte sie die ganzen letzten Jahre auf mich gewartet.

Die verdammte Drecksleiter!

Das konnte doch nicht wahr sein!

»Sie will, dass ich verrecke, ich wusste es!« Zielsicher ging ich nun mit meinen teuren Schuhen, die dieses Mal keine Nikes waren, darauf zu. Auch trug ich keine lässige Lederjacke und Jeans, sondern eine schwarze Anzughose und Hemd, als ich mich daranmachte, das Teil zu erklimmen.

Und ich war immer noch kein verdammter Drecksaffe!

GANZ oben auf der verschissen letzten Sprosse hatten sie mit Tesa ein weiteres Kuvert befestigt, das ich aggressiv abriss und wieder hinunterstieg.

Unten entzifferte ich die nächsten gekrakelten Worte.

»*Immer wenn ich es am wenigsten erwartete, hast du mich gerettet ... diesmal vor einem Tod als Alkoholopfer ... Es war die erste Nacht, die ich in deinem heiligsten Heiligtum verbringen durfte ... An dem Ort, der dir bis dahin heilig war, den du aber trotzdem mit mir geteilt hast, um mir zu zeigen, was wir einander bedeuten.*

Du hast dich mir an diesem Morgen verschrieben und gefordert, ich solle dasselbe tun, dabei gehörte dir mein Herz schon, seitdem ich dazu fähig war, es zu verschenken. Komm und hol es dir erneut.«

Gelesen! Getan! Wir rasten zu unserem alten Haus, das Dad aber immer noch im Besitz von Dad war, wo ich verschissen leise sein musste, weil Robbie hier mit Natalie schlief. Auch noch direkt im Zimmer neben meinem.

Als ich die Tür öffnete, empfing es mich unverändert. Direkt vor dem Fenster stand es, mein heiligstes Heiligtum, der Ort, an dem ich erfahren hatte, was Glück hieß.

Still und leise stand es im Schatten.

Ich konnte beinahe mein Mädchen darauf sehen, wie sie sich an dem Morgen unter mir rekelte, als ich ihr gezeigt hatte, dass sie verdammt noch mal die Beste war und wie sehr ich es liebte, sie zum Orgasmus zu bringen.

Bevor ich sie vom Bett geworfen hatte, weil Katharina reingekommen war.

»Ich habe gewusst, dass es Mia war …«, murmelte sie auch noch hinter mir und meine Augen wurden groß. »Wir alle wussten es schon die ganze Zeit. Es war immer nur Mia …« Sie lächelte, als sie das sagte, und ich seufzte schwer, bevor ich das Licht anmachte und auf mein Heiligtum zuging.

Eine weiße Hotpants lag inmitten der goldenen Laken und ich runzelte die Stirn. »Was zum Fuck soll ich damit bitte anfangen?«

Ich hob sie hoch und zeigte sie Katha.

Sie zuckte erneut nicht gerade aussagekräftig die Schultern. »Du musst es wissen. Nicht ich.«

»HMPF!« Ich ballte eine Hand zur Faust und schaute aus dem Fenster, strengte meine Gehirnzellen an.

Was war danach geschehen? Die wollten sie fertigmachen … in der Turnhalle! Dort hatte ich sie überfallen! Mitten in der Schuldusche! Sie hatte mir einen geblasen und ich hatte erkannt, dass sie mein Mädchen war.

Wir düsten los.

Ich hoffte, dass mein Mia-Radar gut funktionierte und sich dort der nächste Hinweis befinden würde. So langsam ging mir nämlich echt die verschissene Geduld aus! Aber damit war ich nicht allein. Mein Ficker probte langsam den Aufstand, weil er seine Lieblingspussy vermisste.

Die Turnhalle war immer noch offen, und während ich den Gang zu den Umkleiden entlangeilte, fühlte ich mich wieder wie der achtzehnjährige sorgenfreie Pisser, der ich gewesen war.

Die Mädchenumkleidekabine war dunkel und leer, meine Schritte hallten laut von den Wänden wider, als ich sie durchquerte und schnurstracks in die Schuldusche marschierte. Dorthin, wo ich sie das erste Mal offiziell mein Mädchen genannt hatte.

Und dort hing auch der nächste Umschlag.

FUCK! Mein Ficker regte sich akut bei der Erinnerung.

Wie verdammt unschuldig sie doch gewesen war!

Wie zart sich ihre Haut unter meinen Fingern angefühlt hatte, während ich sie gestreichelt und gleichzeitig mit meinem Schwanz ihren Mund gefickt hatte und das Wasser auf uns niedergeprasselt war.

Ohhhh fuck …

Ich verlagerte ihn in der Hose, versuchte, mich auf das Gekritzel zu konzentrieren und *ihn* zu ignorieren.

»*Mista Wrangler, deine Geduld dürfte mittlerweile längst aufgebraucht sein. Und bevor die noch Dampf aus den Ohren kommt, kürzen wir das hier ab. Fahre zu dem Ort, an dem wir unendlich glücklich waren/sind. Der Ort, der nur uns gehört!*

Ich warte voller Sehnsucht auf dich!

Und sag meinem Ficker, ich hoffe, er ist in gewohnter Bestform.«

Lustig, für sie war mein Ficker auch ein eigenständiges Individuum, aber dass sie seine Fickfähigkeit infrage stellte, kränkte ihn ein wenig.

Wie auch fucking immer!

DEM PISSER sei Dank ließ sie mich nicht die ganze Reise machen!

In die Boutique und an den See auf den Baumstamm, als ich sie verlassen hatte. In die Aula, in das verdammte Weiberklo, wo ich ihr das erste Mal meine Liebe gestanden hatte … und vor allem wieder in mein Bett und … zu einem der dunkelsten Tage unserer Reise, als die Bullen mich eingepackt und ich sie verloren hatte … in mein Boxstudio! In die Räumlichkeiten meines Clubs, an die Stange und den Keller dort, wo sie mir mit einem Strip den Kopf verdreht hatte, ins Kinderheim und vor allem nach Prag!

Aber auch an schwarze, grausame Orte, an die ich nie wieder wollte … und von deren Besuch sie sich immer noch nicht richtig erholt hatte.

Klar. Es war gerade mal sechs Monate her.

Zwar ließ sie es sich nicht anmerken, aber es waren winzig kleine Momente, die sie immer noch zu zerbrechen drohten. Zum Beispiel wenn sie im Bad vor dem Spiegel stand und selbstvergessen über die Narben strich, die niemals verheilen würden. Oder wenn Robbie sie fragte, was das eigentlich sei … oder wenn ich sie beim Sex ein wenig zu fest anpackte und sie zusammenzuckte.

Jedes Mal fühlte es sich immer noch an, als würde ich bei lebendigem Leib verbrennen … jedes Mal fühlte ich mich wieder so hilflos, wurde immer wieder zurückkatapultiert – zu dem Tag, an dem ich versagt hatte.

Als ich sie nicht beschützen konnte und sie wegen mir die Hölle durchmachen musste. Niemals würde ich es mir verzeihen oder vergessen, genauso wenig wie sie … obwohl sie es mir natürlich niemals vorwarf.

Doch es hatte tatsächlich auch etwas Gutes.

Denn es hatte uns noch näher zusammengebracht, uns beide verändert, aber vor allem stärker gemacht, und dafür gesorgt, dass wir uns gegenseitig ohne Einschränkungen vertrauen und aufeinander zählen konnten.

Schnell verdrängte ich diese Gedanken denn sie hatten an meinem Hochzeitstag nichts zu suchen!

»Fahrer! Komm!«

»Wuff, Wuff …« Ich verdrehte die Augen, als Katharina die Große mir wieder zum Auto folgte.

»Mit was habt ihr eigentlich den Hausmeister bestochen?«

»Das willst du nicht wissen«, gurrte Katharina und startete den Motor.

***

»Tristan, du musst äußerst leise und vorsichtig vorgehen … Ich glaube, sie sind da drinnen …«, wisperte mir Katha zu, sobald sie vor unserem kanadischen Holzhaus stehen blieb.

»Leise? Haha …« Ich lachte und deutete mit dem Daumen zur Tür. »Da drin ist Mister fucking Mafia persönlich! Da wird mir leise nichts bringen!« Ich konnte nicht anders und musste schwer seufzen, bevor ich ausstieg, die Tür mit Vollkaracho zuknallte und die Verandatreppen hochstampfte. Als ob mich etwas von meinem Mädchen abhalten könnte. HA!

Zielsicher griff ich nach der Klinke der Haustür … direkt in etwas Matschiges.

»Zahnpasta!«, knurrte ich und drehte mich zu Katha um, die ihre Schadenfreude nicht verbergen konnte.

»Haha! SEHR WITZIG!«, grollte ich, riss die Tür auf und machte mich erst mal schön lang, weil ich über das Seil gestolpert war, das sie dort gespannt hatten.

Katharina hielt sich mittlerweile den Bauch vor Lachen und wischte sich immer wieder Tränen aus den Augen, während ich vor mich hinfluchte und auf die Beine sprang.

Drei Schritte kam ich weit, dann rannte ich in verfluchte klebrige Fäden, die wie ein Spinnennetz fast unsichtbar kreuz und quer im Türdurchgang angebracht waren.

»ZUM TEUFEL! Ist das Honig?« Wie ein Wilder riss ich alles von mir runter und wurde langsam so richtig sauer! Ich mochte diesen beschissenen Anzug!

Mit Wucht schlug ich auf den Lichtschalter und es wurde Licht.

Nur leider stand nicht meine Frau mitten im Wohnzimmer.

Sondern Luca Cavalli … Schwarzhaarig, blauäugig und gefährlich – geradewegs aus dem Cosa-Nostra-Jahreskalender entsprungen –, leicht grinsend, in perfekt sitzendem Anzug und in selbstherrlicher Mafiapose. Mit verschränkten Armen und schief gelegtem Kopf sah er mich an. Seine Lippen bebten und seine Augen tränten.

»Oh … Mister Obermafioso gibt sich die Ehre …«, knurrte ich. »Wo zum Teufel hast du meine Frau hingeschleppt!?« In dem Moment konnte auch er sich nicht mehr halten … Er brach regelrecht zusammen und lachte sich den Arsch ab. Immer wieder, wenn er mich ansah, bekam er sich für weitere verfickt lange Minuten nicht mehr ein.

»WO IST SIE?«

Ich war drauf und dran, ihn am Kragen zu packen und zu schütteln, da zeigte er plötzlich mit dem Daumen über seine Schulter, hinaus auf den Garten – also die Lichtung – und wieder wurde es hell.

Unzählige Lampions begannen in den Bäumen zu leuchten, so wie damals. Ein riesiges Nomadenzelt in der warmen Mai-Nacht forderte meine Aufmerksamkeit und erinnerte mich an unsere erste gemeinsame Wohnung vor Jahren.

Alles andere war vergessen.

Angezogen wie die Motte vom Licht trat ich an Luca vorbei und hinaus auf die Terrasse, die Treppen hinab in den Garten, durchquerte ihn und eilte mit großen ausholenden Schritten zu meiner Frau.

Mit kaum gezügelter Geduld riss ich die Öffnung des mannshohen Zeltes auf und … erblickte sie.

Dort, auf tausenden von Decken und goldenen Kissen saß sie – einer Göttin gleichend.

Ein Bein angewinkelt, das andere elegant ausgestreckt. Eine Hand aufgestützt, die lockigen Haare über ihre Brüste drapiert, die kaum von einem weißen Hauch aus Nichts verdeckt wurden. Ihre Augen funkelten mich so vertrauensvoll und so aufgeregt an wie noch niemals zuvor.

Dabei lächelte sie mich schüchtern an.

»WOW!«, wisperte ich, bei diesem Anblick spontan jeglicher Denkfähigkeit beraubt. Sie kicherte leise, was wohl auf den Honig zurückzuführen war.

»Ich wusste, dass du mich finden würdest«, murmelte sie und stand langsam auf, zeigte sich mir vollkommen in diesem weißen Negligé, das zwar alles verhüllte, aber so durchsichtig war, dass ihre steifen Brustwarzen hindurchschienen …

Verfickte Scheiße! Ich konnte mich nicht mehr zurückhalten!

Wie war es möglich, jemanden so vermissen, nur weil man ihn eine Stunde nicht gesehen hatte?

Nach dieser Reise in unsere Vergangenheit fühlte es sich noch intensiver an, sie in meine Arme zu ziehen, als hätte ich sie Ewigkeiten nicht berührt. Und obwohl sie wieder etwas zugenommen hatte, doch ansonsten eine völlig erwachsene, selbstbewusste und wunderschöne Frau war, die mit dem früheren unsicheren Schussel nichts zu tun hatte, war eines immer gleich:

Mia Engel passte sich mir an wie ein fehlendes Puzzlestück. Denn wir waren zwei Teile eines Ganzen; das eine konnte ohne das andere nicht existieren.

Dieser Moment raubte mir komplett die Sprache. Außerdem stiegen mir aus irgendeinem verdammt peinlichen Grund die Tränen in die Augen, denn …

Sie war mein Baby Nummer eins und sie würde es immer sein.

Die beste Hochzeitsnacht der Menschheitsgeschichte

Oh my fucking god

Selbst mit Honig in den Haaren, auf seinem teuren Anzug und sogar am Kinn, war er der schönste Mann, den ich jemals gesehen hatte. Und er war *mein* Mann.

Unsere Reise war nicht immer einfach gewesen, dennoch hatte sie uns hierher geführt. Schon allein deshalb hatte sich der ganze Aufwand gelohnt. Und wie es das hatte.

Lächelnd ging ich auf die Zehenspitzen, umfasste sein wunderschönes Gesicht und küsste ihn. Seine Hände krallten sich sofort in meine Arschbacken, seine Zunge überfiel mich förmlich, sein Stöhnen zeugte von endender Geduld … aber ich trat einen Schritt zurück. »Nicht so voreilig, Mista Wrangler …«

Somit löste ich die Spange, schüttelte meine wilden Locken etwas, zog dann an der Schnur, die das Negligé vorne zusammenhielt, ohne ihn aus den Augen zu lassen.

Es öffnete sich und segelte langsam zu Boden, während er die Zähne aufeinanderbiss und die Hände zu Fäusten ballte. Nun stand ich völlig nackt vor ihm in der warmen Nacht. Die Grillen zirpten vor dem Zelt, der Bach rauschte stetig vor sich hin und unzählige Lampions an der Decke des Zeltes überzogen mich mit einem zarten Schimmer.

»Das ist unsere Hochzeitsnacht, also werden wir nichts überstürzen, so, wie wir das meistens tun.«

Er knurrte als Antwort, ließ aber zu, dass ich mich an seinem Hemd zu schaffen machte.

»Oder?« Mit diesem Wort stellte ich mich erneut auf die Zehenspitzen und leckte etwas Honig von seinem kantigen Kinn, schmeckte mit einem genussvollen »Mhmmm« die Süße, wanderte dann mit meinen Lippen über seinen Hals, während ich Knopf für Knopf öffnete und ihm das Hemd schließlich von den breiten Schultern streifen konnte.

Er trainierte immer noch, war groß und stark und so männlich, dass es mich manchmal fast erschlug. Ich konnte mich nicht an ihm sattsehen, egal ob an den Brustmuskeln mit seiner neuen Tätowierung, denen am Bauch oder diesem V.

Fest und besitzergreifend strich ich mit meinen Händen über seinen perfekten Körper, krallte mich ein wenig in sein Fleisch, um dann vor ihm auf die Knie zu sinken. »Magst du es, wenn ich so vor dir knie?«

»Das fragst du ehrlich?«, antwortete er rau und stöhnte heiser, als ich begann, seine Hose zu öffnen. Langsam zog ich den Reißverschluss runter und den Stoff ein bisschen seine muskulösen Hüften herab … Natürlich trug er keine Shorts unter der Anzughose, und ich küsste seinen harten Schwanz, glitt mit meinen Lippen an ihm entlang und schob die Hose ganz nach unten, sodass *er* an die Luft sprang und ich ihn umschließen konnte.

Seine Finger bohrten sich in meine gerade geöffneten Haare, was mich zum Keuchen brachte.

Genüsslich umschmiegte ich ihn mit meiner Zunge, umwarb ihn, schmeckte ihn und schloss dabei verträumt meine Lider. Allein ihm einen zu blasen, zu hören, wie er stöhnte, wie er »FUCK, MIA!« knurrte und sich nicht mehr beherrschen konnte, wie er begann, sich in meinen Mund und wieder hinaus zu bewegen, während er mich an Ort und Stelle hielt, erregte mich so sehr, dass ich bereits zu explodieren drohte, obwohl er seine Verführungskünste nicht mal ansatzweise auf mich losgelassen hatte.

In Sachen Sexyness konnte wirklich keiner mit Tristan Wrangler mithalten.

»Soll ich in deinen Mund spritzen, Mia Baby?«, fragte er heiser. »So als Aperitif?« Ich verdrehte meine Augen. »Denn ... es wird gleich passieren ... Mia ... hörst du ... *fuck* ...« Im letzten Moment wich ich zurück, da verkrampften sich bereits seine Finger und er ließ den Kopf genüsslich nach hinten fallen.

Ich grinste, als er mich wütend anfunkelte, weil ich so kurz davor aufgehört hatte. »Nein, sollst du nicht.«

Somit sank ich in die Kissen, spreizte ein wenig meine Beine und ließ meine Schnecke aufblitzen. »Erst sagst du mir ... welcher Sex dir mit mir am meisten den Kopf weggefegt hat ...« Fast schon verträumt glitten meine Fingerspitzen an meinem Körper hinab.

Ich schämte mich nicht, einfach weil ich wusste, wie sehr er mich und meinen Körper, aber vor allem sein Heiligtum zwischen meinen Beinen liebte, und keuchte auf, als er vor mir in die Knie ging, meine Knöchel packte und mich spreizte.

»Nur, wenn du mich richtig zusehen lässt!«

»Wie du willst ...«, hauchte ich heiser und umfing meine Brust mit einer Hand, verwöhnte meine Brustwarze, was ihn zum Stöhnen brachte. Sein Schwanz war so hart, dass er strammstand und der Lusttropfen auf seiner Eichel schimmerte. Er umfasste ihn abgelenkt und verrieb die Feuchtigkeit mit seinem Daumen ...

»Das Heißeste, was du jemals mit mir getan hast? Das war ... denke ich ... dein Strip ... als du mich angekettet und für mich getanzt hast, und als du es dir auf meinem Schoß selbst gemacht hast ... ich dich aber einfach nicht berühren konnte. Ich dachte, ich würde in meine Hose kommen ...« Allein bei der Vorstellung stöhnte ich leise auf und glitt mit einer Hand zwischen meine Beine, rieb mit zwei Fingerspitzen langsam und genüsslich über meine pochende Klitoris.

»Was noch?«, fragte ich. Er überlegte kurz, während er wie paralysiert meine Hand anstarrte. »Mia ... jeder Sex mit dir ist völlig Kopf und Schwanz wegblasend. Ich kann mich nicht entscheiden. FUCK!«

Ich drang mit zwei Fingern in mich ein ... »STOPP!«, rief er aus und ich lachte, als er sich nach vorne stürzte, meine Hände packte und sie über meinen Kopf verfrachtete.

»Das ist mein Gebiet!«

Angespannt schloss er die Lider, als er seinen Schwanz umfing und damit langsam zwischen meinen Schamlippen entlangfuhr, unsere Flüssigkeiten vermischte und schließlich seine Augen öffnete und tief in die meinen sah.

Dann klatschte er mir mit seiner prallen Eichel auf meinen Kitzler. »Es reicht!«

Ich stöhnte hilflos auf, beugte meinen Rücken durch und hob ihm mein Becken entgegen. Doch er lachte nur heiser und glitt wieder mit seiner Spitze nach unten … rieb sie an meinem Eingang. »Oh, du denkst, dass du mich quälen kannst und trotzdem im Gegenzug sofort von mir bekommst, was du willst? Da kennst du mich aber schlecht … Miss Wrangler … Fuck, hört sich das gut an!« Mit diesen Worten beugte er sich vor und küsste mich knapp.

Ich wimmerte, als er wieder zurückglitt und seine Eichel über meinen angeschwollenen Kitzler kreisen ließ.

»Jetzt sag du mir, Mia Baby …«, raunte er in mein Ohr und biss mir ins Ohrläppchen, »Was war das Heißeste, was ich jemals mit dir gemacht habe?«

»Oh Gott!«

»Ich bin ja da … Antworte oder ich werde dich nicht ficken.« Wieder klatschte er auf meinen Kitzler und ich schrie leise auf, bäumte mich erneut auf und kniff die Lider zusammen.

»TRISTAN!«

»JA?«, fragte er auch noch und überflutete meinen Hals mit hauchzarten Küssen.

»Ich kann so nicht denken!«

»Aber ich soll es können, während du es dir vor mir selber machst? Antworte!«

Er biss leicht in die zarte Haut meines Nackens und bewegte sein Becken, sodass seine gesamte enorme Länge zwischen meinen Schamlippen vor und zurück rieb.

»Ich ähhh …« Oh, wieso hatte ich mit diesem Spiel nur angefangen?

Ich wusste doch, dass ich ihm hilflos ausgeliefert war, wenn er sich dazu entschied, mich um den Verstand zu vögeln. Das war schließlich sein Spezialgebiet!

»Ich glaube …«, rief ich aus, »ALLES!«

Daraufhin wich er auf seine ausgestreckten Arme zurück und stoppte die Bewegung seiner Hüfte. »Was?« Und hob eine Augenbraue.

»Es ist jedes Mal phänomenal, wenn du mich fickst. Jedes Mal ist besser als das vorherige, obwohl ich denke, dass das überhaupt nicht möglich ist. Jedes Mal bringst du mich völlig um den Verstand! Jedes Mal ist unvergesslich mit dir! Jedes Mal bin ich danach atemlos und halbtot aber so unsagbar glücklich. Ich kann mich nicht entscheiden, Tristan, bitte! Außerdem habe ich Hochzeitsbonus!«, wimmerte ich, worauf er lachte leise, als ich ihm das Becken wieder entgegenhob.

Doch plötzlich drehte er mich herum, umfing vorsichtig meinen Bauch, sodass ich auf die Knie ging und ihm meinen Arsch rausstreckte.

»Als ich dich das erste Mal von hinten ficken durfte ... Weißt du noch, wie intensiv es war, du warst so eng, so feucht und so … unsagbar heiß!« Nun setzte er an und ließ seinen Schwanz unverhofft tief in mich gleiten.

So hart, wie er war, fühlte ich jede Ader und warf meinen Kopf zurück, stöhnte laut, besonders, als er sich meine Haare um die Faust wickelte und mich daran festhielt. »Beweg dich nicht!«, knurrte er. Kurzerhand übernahm er das für uns beide – langsam und quälend.

»Fühlst du das, Mia Baby? So hart wird er nur für dich! So ficke ich nur dich! Aber wage es jetzt nicht, deine Pussy-Power-Muskeln einzusetzen … OH FUCK!« Ich stöhnte und lachte gleichzeitig, weil ich mich angespannt und ihn somit dazu gebracht hatte, sich schnell aus mir zurückzuziehen, damit er nicht unkontrolliert explodierte, so wie immer, wenn ich ihn mit meinen Pussy-Power-Muskeln quälte. Sofort drehte ich mich um, richtete mich auf die Knie auf und umfing seinen Kiefer mit den Fingerspitzen. Dann küsste ich ihn und griff zwischen uns, um ihm einen runterzuholen und gleichzeitig den restlichen Honig von seinem Kinn zu lecken.

»Oh fuck …«, knurrte dieser Traummann, aufrecht vor mir kniend, und ließ wieder seinen Kopf nach hinten fallen. »Ich liebe dich! Hab ich das schon mal gesagt?«

»Ich kann es nicht oft genug hören. Und jetzt leg dich auf den Rücken. « Er tat tatsächlich wie befohlen und ich krabbelte über ihn, ohne den Kuss zu lösen, dann glitt ich mit meinen Lippen an seinem perfekten Körper hinab, seine steifen Brustwarzen, seine zuckenden Bauchmuskeln und vor allem über seine pochende Härte.

»Mia … komm schon ... Lass mich einmal in deinen Mund spritzen!«, flehte er, weswegen ich mich geradezu MÄCHTIG fühlte. Doch ich schüttelte nur mit einem sadistischen Lächeln den Kopf und positionierte mich über ihm.

»Wenn du jetzt schon kommst, gibt es die nächsten zwei Wochen keinen Sex mehr! Du bist viel zu heiß, wenn du kurz davor bist und mit dir kämpfen musst, um nicht …« Ich ließ mich auf ihn hinab, ganz langsam, und hielt ihn fest. »… Tief in mich zu spritzen …«

»FUCK!«, murmelte er und schloss die Augen, krallte seine Finger in meine Oberschenkel, während ich mich gemächlich nach oben und unten bewegte.

Ich reizte dieses Spiel so weit aus, dass er dabei fast aus mir hinausflutschte, nur um mich anschließend um ihn herum anzuspannen, ihn mit meinen Muskeln zu massieren und ihn so um den Verstand zu bringen, wie er das immer bei mir machte.

Doch nach ein paar Mal musste ich selber eine Pause einlegen. Mich schwer beherrschend biss ich die Zähne zusammen, ließ den Kopf nach hinten fallen und kreiste genüsslich auf ihm.

»Ich glaube … DAS ist das heißeste Fickerlebnis, das wir jemals hatten! Doch es reicht!«, knurrte er und kam nach oben, umfing mich mit seinen starken Armen und hob mich hoch.

Schon landete ich in den weichen Kissen auf dem Rücken und er war über mir. Seine Lippen glitten über meinen Hals, verwöhnten meine Brüste, und seine Finger stießen anstatt seines Schwanzes in mich, bevor er sich langsam meinen Körper entlang nach unten vorarbeitete, es sich zwischen meinen Beinen gemütlich machte und mich leckte. So wild, so ungezügelt, wie gerade die Erregung durch mich tobte.

Meine Finger vergrub ich in seinen heiligen Haaren, mein Becken hob ich ihm entgegen und mein Stöhnen musste im ganzen Wald zu hören sein. Jeder Muskel in meinem Körper zuckte.

»TRISTAN, ich … Ich …« Er knurrte an meiner Pussy, schnalzte gegen meinen Kitzler, umkreiste ihn mit seiner feuchten heißen Zunge und stöhnte, weil er sich dabei schamlos einen runterholte. »Ich sollte dich so kommen lassen!«, meinte er hart. »Ohne meinen Schwanz in dir. Das wäre dir eine Lehre, mich so um den Verstand zu bringen. Oh nein, Mia, vergiss es!«

Ich hatte während seiner Worte verzweifelt mein Becken weggezogen und an seinen Haaren gezerrt, damit er mich nicht mehr berührte.

Meine Beine bebten und ich stellte die Füße auf seine Schultern, um ihn von mir wegzuschieben. Auf keinen Fall wollte ich in unserer Hochzeitsnacht das erste Mal ohne ihn kommen! So hatte ich mir das nicht vorgestellt!

»BITTE, TRISTAN!«, rief ich flehend. Und wie immer folgte er atemlos und angespannt, lehnte sich über mich und nahm mein Gesicht in eine Hand. Mit der anderen hielt er seinen Schwanz und schob ihn in mich – so tief und so verzehrend, wie wir uns liebten. Mein Rücken beugte sich erneut durch.

»Sieh mich an, wenn du das erste Mal als meine Frau kommst, Miss Wrangler!«, hauchte er sanft und bewegte seine Hüften auf diese unsagbar laszive Art, wohl wissend, was passieren würde … woraufhin ich explodierte. Genauso wie er.

Dabei sahen wir uns an wie zwei Ertrinkende und wussten … dies war erst der Anfang.

-ENDE-

Interviewtime die Zweite

Eines schönen Samstag morgens ...

Bethy und Babels rennen wie die Irren, die sie nun mal sind, durch die Straßen.

»Babels, mein Fuß tut weh! Ich glaub, ich bin umgeknickt!«

»Ich huck dich sicher nicht über die Straße, komm jetzt! Wir sind schon viel zu spät!«

»Aber ... aber ...« Doch Babels lässt sich nicht aufhalten, stattdessen schnappt sie sich Bethys Hand und zerrt sie hinter sich her, da klingelt auch schon Bethys Telefon.

Dank gewisser Atemschwierigkeiten kann sie nicht rangehen, also rupft es ihr Babels aus der Hand und blafft: »Ja, Mann! Wir sind doch gleich da!«

Eine Höschen nässende, wenn auch ziemlich angepisste Stimme knurrt sofort zurück: »Es ist eine Minute nach zehn Uhr. Ich bin doch nicht um verschissene halb zehn aus dem Bett gefallen, ohne Mia gefickt zu haben, nur damit ihr eure Schlunzenärsche gemütlich durch die Gegend schaukelt und alle warten lasst!«

»Das liegt ja wohl nicht an mir!« Babels schielt bööööööööööööööööse zu Bethy.

Die Angeschielte grinst, zuckt die Schultern, nimmt ihr das Handy aus der Hand und sagt: »Halt die Klappe, Tristan!

Setz dich einfach auf deine vier Buchstaben und seh gut aus! Wir sind gleich da!« Trotz des wilden Gemotzes am anderen Ende der Leitung legt sie einfach auf und betritt mit ihrer Seelenschlampe die legendäre A.P.P.-Schaltzentrale.

Sobald sie im Inneren sind, stützt sich Bethy auf ihre Knie und stirbt fast einen elendigen Tod, dem sie nur durch tiefes Durchatmen entgehen kann, hebt dann eine Hand und verkündet keuchend: »Wir sind da!«

»Yeah! Babethy is in the house!«, gibt Babels noch dazu und sieht in die Menge, die sich hier bereits versammelt hat.

Die gesamten Charaktere der *Immer wieder*-Reihe – ob tot, als durchsichtige Geister oder lebendig aus Fleisch und Blut – sitzen an einem riesigen runden Tisch und schauen die zwei Frauen genervt an. An der Stirnseite thront natürlich Tristan, die Füße auf den Tisch schaut er angepisst in deren Richtung, während er sich nach hinten lehnt, die Arme hinter dem Kopf verschränkt, und auf einem Zahnstocher kaut. Direkt an seiner Seite, mit einem herzlichen Lächeln im Gesicht, ist Mia.

»Juhu, juhu«, verkündet der Sexgott zu Tode gelangweilt. »Auch schon da …«

Daneben befinden sich David Wrangler mit Natalie, Vivian und Tomas sowie Philip und Katharina. Bethy und Babels schmettern ein herzhaftes »Grüßgott!« in die Runde und begeben sich zu ihren Plätzen an der anderen Stirnseite des Tisches. Babels wendet sich an ihre Chefin. »Darf ich mir vorher noch ’nen Kaffee holen?«

»Ja klar, und bitte bring für die anderen auch einen mit. Ich glaube, das hier wird länger dauern.« Bethy baut ihren knallroten Laptop auf dem Tisch auf, während Babels für den Überlebenstrank sorgt. Sie öffnet Facebook, um die Fragen der Leser zu suchen … Natürlich findet Bethy diese nicht auf Anhieb, denn wenn sie das tun würde, wäre sie nicht Bethy – eben ein Schussel, wie er im Buche steht … Doch als Babels wieder da ist, macht sie ihrem Namen als Notizblöckchen alle Ehre, schiebt ihre Chefin zur Seite und scrollt sich durch die Beiträge.

»Das nenn ich mal Vorbereitung …«, stichelt Tristan natürlich und wird von einem herzhaften »Halt die Klappe!« zum Schweigen gebracht.

Babels hat inzwischen den richtigen Post gefunden und richtet sich mit einem »Okay!« auf. »Wir haben uns heute hier versammelt, um die Fragen der lieben Leser an euch weiterzugeben und Antworten zu finden.«

Eva, die als Geist neben dem genauso durchsichtigen Francesco sitzt, motzt: »Als ob wir …« Doch sie wird von Tristan unterbrochen. »Oh! Rückt die Gläser! Es hat etwas zu sagen!« Leises Lachen geht durch die Menge, und Bethy, die genüsslich ihren Kaffee geschlürft hat, stellt die Tasse ab!

»Tristan! Reiß dich zusammen. Du weißt, was dich sonst erwartet!« Ihre grünen Augen werden groß und drohend, während er seine grünbraunen verdreht.

»Jaja …«

»Also …« Babels setzt ihre Brille auf und will gerade anfangen, als Tristan murmelt: »Boah, siehst du scheiße aus mit Nasenfahrrad!«

Doch Babels lässt sich gar nicht aus der Ruhe bringen, zückt lediglich ihren Mittelfinger und liest die erste Frage vor:

»Inga fragt: Ich will alles wissen – zwischen Ende und Epilog ... und noch 10 Jahre nach dem Epilog ... und ob Robbie in Sachen Unwiderstehlichkeit in die Fußstapfen seines Vaters tritt …«

»Ähm, da muss ich wohl ran …«, meint Bethy mit einem teuflischen Grinsen, was nichts Gutes verrät. »Wartet ab bis nächstes Jahr, dann kriegt ihr Antworten auf diese und andere Fragen!«

»Uhhhh, sie macht wieder eins auf mystisch …« Das kommt natürlich von Tristan, aber alle ignorieren ihn – ausnahmsweise.

»Claudia hat gleich mehrere Fragen: Konnten beide wirklich abschließen?«

Tristan legt sofort einen Arm um die Schulter seines Mädchens und zieht sie an sich. Er antwortet für sie. »Meistens ja … aber manchmal holt die Vergangenheit jeden ein.«

Mia lächelt tapfer und schmiegt sich enger an ihn. »Immer, wenn ich drohe, in Erinnerungen zu versinken, zeigt er mir, was die Gegenwart zu bieten hat, und dann haben die Erinnerungen keine Chance mehr.« Sie wird rot, während Tristan zwinkert und sie auf den Scheitel küsst.

»Okay. Wie haben die anderen *Immer wieder Verführung* erlebt?«

»Ähm …«, stottert Philip … »ähhhh … hmmmm …«

»Okay! Wir nehmen die nächste Frage! Was machen Robbie und Eli? Gibt es weitere Kinder? Wir haben sie ja aus jugendschutztechnischen Gründen leider nicht hierher einladen können.«

»Sie sind daheim und schlagen sich wahrscheinlich die Köpfe ein …«, antwortet Mia lachend. »Nein, jetzt im

Ernst, natürlich ist eine Babysitterin da. Den beiden geht es gut. Robbie ähnelt immer mehr seinem Vater und Eli ist eine kleine Träumerin, aber sehr intelligent.«

»Kenn da jemanden, der genauso ist!«, murmelt Tristan schelmisch in ihr Haar.

»Außerdem wird sie mit jedem Tag schöner …«, schwärmt Mia weiter.

»Das will ich auch hoffen! Sind ja schließlich meine kostbaren Gene!«

Mia ignoriert ihren Ehemann Augen verdrehend »Und nein. Weitere Kinder sind nicht geplant.«

»Echt?«, empört sich Tristan, woraufhin sein Mädchen beruhigend seinen Schenkel tätschelt. »Keine Sorge, du darfst trotzdem weiter üben!«

Alles lacht.

»Verdient Tristan sein Geld mit seinen Fotos?«

»Japp … hab ein Atelier im Dachgeschoss und verdiene mit meinen Aufnahmen einen Scheißhaufen Kohle. Außerdem gibt's noch das Boxstudio und die Fresskette mit Phil.«

»Und was macht Mia jetzt beruflich?«

»Wir haben uns dazu entschlossen, so etwas wie ein Feriendorf für schwer erziehbare Jugendliche zu eröffnen. Mehr dazu gibt es wohl in Bethys Buch, was wohl nächstes Jahr erscheinen wird.« Mia zwinkert ihrer Erschafferin verschwörerisch zu.

»Oh jaaaaa …« Bethys Augen funkeln verlangend.

Babels wendet sich an die Autorin: »Bethy, hast du Hunger?«

»Nein, ich muss nur kacken, also mach weiter!«, winkt Bethy ab und Babels lacht, genauso wie die anderen, die nur zusätzlich ihre Augen verdrehen.

»So, die nächste Frage richtet sich mal nicht an Mista Hauptcharakter und stammt von Nancy: Mich würde interessieren, ob nach Philip und Katha Vivi und der letzte Wrangler-Bruder auch 'ne Buchreihe bekommen ...«

»Ja, genau das würde ich auch gern wissen!«, schaltet sich Tom ein.

Auf einmal springt Bethy auf und schreit: »DA IST EINE SPINNE!« Mit horrorgeweiteten Augen zeigt sie an die Decke. Alle anwesenden Frauen inklusive Francesco geraten in Panik, schmeißen bei ihrer Flucht die Stühle um und quetschen sich in Bethys Ecke.

»Mann, ihr seid solche Pussys …«

»Ja, Tristan, sind wir! Mach sie nicht tot! Das bringt Unglück! Wirf sie lieber aus dem Fenster!«, fordert Mia, während Babels als einziges weibliches Wesen an die Decke schaut und dann resigniert ihre Stirn auf die Tischplatte fallen lässt.

Die Männer kümmern sich um das grauenhafte Monster und schon kann das lustige Interview weitergehen.

»Also …«, meint Bethy, als sie wieder sitzt und sich halbwegs beruhigt hat. »Ich weiß es nicht. Im Moment schreibe ich an etwas anderem, kann aber sein, dass ich irgendwann Lust auf die Story der zwei Schnuckis bekomme.«

»Okay. Weiter im Text… Tortendesign fragt: Mich würde interessieren, warum Tristan sein Schlafzimmer im

Club genau so gestaltet hat, wie es dann war. Für mich war es ein Ebenbild der Lichtung.«

»So ein Scheiß, das war ein Angebot von IKEA!«

»Tristan!«, warnt Bethy, er verdreht die Augen, antwortet dann aber ehrlich.

»Ja, kann sein, dass ich vielleicht unbewusst an die Lichtung gedacht habe. Den einzigen Ort, an dem ich jemals vollkommen glücklich war.«

»Wie romantisch …«, seufzt Mia und schmiegt sich an seinen Arm.

»Mir wird schlecht …«, murrt Eva in ihren nichtvorhandenen Bart.

»Hoffentlich kriegt man Geisterkotze aus dem Teppich!«, nuschelt Katha angewidert.

»Jetzt seid doch mal professionell! Ruhe!«, fordert Babels. »Tortendesign hat noch eine Frage: Wie hat Mia es verkraftet, dass Robbie ja eigentlich bei einem One-Night-Stand entstanden ist, obwohl Tristan gesagt hat, er hätte seit Mia nie wieder Sex gehabt? Gab es da doch irgendwelche Zweifel, die Mia noch gehabt hat?«

»Nein! Niemals!«, antwortet Mia. »Er lässt es nicht zu, dass ich zweifle. Ich weiß, dass ich sein Baby Nummer eins bin, und ehrlich gesagt bin ich verwundert, dass es nicht noch MEHR Frauen waren. Ich meine … wir alle kennen seinen sexuellen Appetit …«

»Aber nur auf Truthahn!«, wispert er und sie strahlt ihn kichernd an, bevor er ihre Hand nimmt.

»Okay … Vivi … Jenny fragt: Habt ihr inzwischen auch Kinder?«

»Nein, leider hat es bis jetzt nicht geklappt.«

»Deine Kämpfer sind wohl nicht so sportlich, hä?«, schmeißt Tristan in die Runde, woraufhin Tom nur seufzt und den Arm um seine Frau legt. »Hör nicht auf den Idioten!«

»Sie fragt auch, ob es noch Probleme mit Mias Vater gab.«

»Den Pisser hab ich doch gekillt! Und ich würde es wieder tun, wenn er kein verschissener Geist wäre!« Tristan lässt provokativ seine Fingerknöchel knacksen und visiert Harald tödlich an, der neben Eva und Francesco in der Ecke sitzt und alles andere als zufrieden aussieht.

»Jane fragt, wie Mia die Schwangerschaft erlebt hat …« Alle stöhnen synchron auf und Mia kichert.

»Tristan hat sich aufgeführt, als wäre ich todkrank, ich durfte nicht einen Schritt alleine machen. Ständig hat er mich durch die Gegend geschleppt, sogar in der Fußgängerzone! Das war manchmal so peinlich! Aber wir hatten auch viele schöne Momente und ich hätte mir keinen besseren Vater für meine Kinder vorstellen können.«

»Wisst ihr überhaupt, wie geil das ist, wenn du das erste Mal dein Kind im Bauch deiner Frau spürst?«

»Ja, das wissen wir«, antwortet Philip trocken. »Du hast JEDEN von uns angerufen! Um drei Uhr in der Nacht!«

Mia lacht. »Er hat sogar GEFRAGT, ob er mit mir schlafen darf oder ob er dann mit seinem Ficker das Kind erschlägt!«

»Mann, Baby, halt die Klappe!«

»Ohhh, wirst du etwa gerade rot?«, bohrt Martin, der neben Geister-Eva und Valerie sitzt.

»TRISTAN, STOPP!«, meint Bethy gelangweilt, bevor Tristan etwas erwidern kann, und wendet sich dann an Babels. »Mach weiter, Baby …«

»Okay … Vanessa sagt: Jedes Mal, wenn ich einen Audi sehe, bin ich voll im Fieber!«

»BOAH!«, platzt es aus Babels, sobald sie die Frage fertig vorgelesen hat. »Da hättest du uns auf dem Weg zur Buchmesse sehen müssen! Mit uns ist ein roter Audi A7 fast den ganzen Weg gefahren! Bethy und ich sind fast gestorben und waren total geflasht; wir haben ihn sogar verfolgt … aber der Kerl war alt und eklig …« Alle lachen.

»Ist doch meistens so!«, ergänzt Bethy.

»Maria fragt: Also hat Tristan tatsächlich seinen Club den Mafiosi überschrieben?«

»Si, das hat er …«, antwortet Leo mit einem Grinsen – ähnlich der Katze, die den Kanarienvogel gefressen hat. »Aber er kanne immer kommen … und die Dolzessas genießen …«

»WAS?« Mia springt auf, wird von Tristan aber sofort auf seinen Schoß gezogen.

»Als ob ich das nötig hätte. Bleib ruhig, Baby!« Mit Stahlgriff hält er sie fest und küsst beschwichtigend ihre Schläfe.

Doch Mia lässt sich nicht so leicht beruhigen, stattdessen zeigt sie auf die grinsende Bethy und knurrt. »WEHE!«

»Das würde ich dir niemals antun! Außerdem könnte ich ihn nicht dazu bringen, egal, wie sehr ich es versuchen würde, er würde immer einen Weg finden, um es nicht tun zu müssen … Also bleib ruhig, Süße!«, meint Bethy und Babels schreit: »Yeah! Team Mia!« Woraufhin Miss Wrangler, ehemals Engel, grinsen muss.

»Unsere Fotoqueen fragt: Wie heißt die Arschcreme?«

»Staatsgeheimnis«, antwortet Bethy knapp.

»Sara fragt: Also ich würde gerne mehr über den Vater wissen wollen. Wie sieht er das Verhältnis zu Tristan? Können wir ihm nicht auch eine Frau besorgen?«

David, der mit Natalie – Katharinas Mutter – neben seinem Sohn sitzt, ist verwirrt. »Wieso? Ich hab doch schon eine … Außerdem habe ich die Arbeit im Ausland aufgegeben, um mehr Zeit für meine Enkelkinder zu haben, und bin wieder zurück nach Deutschland gegangen.«

»Und unser Verhältnis ist ziemlich entspannt. Wir sehen uns meist an den Wochenenden und Dad passt auch oft auf die kleinen Scheißer auf«, fügt Tristan hinzu.

»Sarah fragt: Wie war die Geburt?«

»Oh mein Gott …«, seufzt Mia sofort. »Eine hysterische Henne ist nichts dagegen. Und darf ich es sagen, Baby?«, wendet sie sich an Tristan, der nur die Augen verdreht und abwinkt. Hinter vorgehaltener Hand informiert sie Babels: »Tristan ist im Kreißsaal umgekippt!«

»JA, Mann, die war soooo … oh fuck, ich will gar nicht dran denken!« Tristan würgt laut.

Alle lachen sich den Arsch ab.

»Ja, also lag Tristan während der Geburt eigentlich die meiste Zeit ohnmächtig auf dem Boden, und als er wieder zu sich kam, war seine erste gequälte Frage: Ist es endlich vorbei? Und die zweite: Bleibt die jetzt so ausgeleiert? Er war völlig fertig mit der Welt! Als ob er die Wehen und alles andere hatte ertragen müssen … Zum Glück war Vivi als Ersatz da …«

»Ja, ehrlich! Ich musste so lachen, als ein Arzt den Kopf raussteckte und staubtrocken verkündete: Der Ehemann ist nicht mehr einsatzfähig, die Frau fragt nach Ersatz.«

»Wehe, das wird gegen mich verwendet!«

»Niemals, Tristan …«, versichert Bethy pseudoberuhigend.

»Sarah sagt auch: Wäre cool, wenn Eli nach Tristan kommt.«

»Nee! Die kommt zum Glück nach meinem Baby!«

»Denkst du …«, murmelt Mia.

»Und sie will noch wissen, wie Mia und Tristan sind, wenn sie alt und grau sind.«

»Na, genauso geil wie jetzt, was denkst du denn?«, poltert Tristan.

»Astrid fragt, wann Mia schwanger wurde. Wenn sie es grob überschlägt, müsste es zu der Zeit gewesen sein, als sie in Francescos Gewalt war.«

»Ähhhm, nein, ganz sicher nicht!«, meint Mia angewidert und starrt Francesco schier tödlich an.

Bethy fügt hinzu: »Das war im November. Mia wurde im Januar schwanger, da war der ganze Mist schon längst vorbei!«

»Okay! Jaqueline schreibt: Mich würde auch interessieren, was mit der Oberschlunze ist. Die lässt doch nicht einfach so locker, das Miststück!«

»Sehr nett! Und du siehst ja, was aus mir geworden ist! Ich bin tot!«, zickt Eva.

»Sie hat sich selbst umgebracht, als ihr klar wurde, dass sie Tristan niemals bekommen wird und dass ihr eine Zukunft als Hure in Leos Club bevorsteht«, erzählt Bethy, wobei ihr mitleidiger Blick auf die fast durchsichtige Eva fällt.

»Und keiner ist traurig deswegen!«, wirft Tristan trotzdem ein, woraufhin die Sau fast in Tränen ausbricht.

»Jaqueline hat noch weitere Fragen: Und warum hat Tristan damals nicht gleich Mia geglaubt, dass die sich mit Mias Vater verbündet hat, obwohl er doch wusste, wie penetrant die war?«

»Weil ich ein Idiot war, und an diesem Morgen, als das alles passierte, einfach nicht klar denken konnte!«

»Dann die Mutter von Mia. Ob die noch mal aufschlägt?«

»Nein. Ganz sicher nicht. Ich habe jetzt ein wundervolles Leben in Afrika und verschwende keinen Gedanken mehr an das, was hier passiert«, verkündet Mias Mutter naserümpfend.

»Und mich würde noch interessieren, ob Katha wirklich in Sicherheit ist.«

»Na ja … so weit in Sicherheit, wie man mit einem Wrangler an seiner Seite eben sein kann. Fort Knox ist ein Scheißdreck dagegen«, antwortet Katharina schmunzelnd und schmiegt sich enger in die Arme ihres Bärenehemannes.

»So langsam kommen wir hier zum Schluss. Manuela fragt: Wie ist das Familienleben von Mia und Tristan?«

»Hmmm … es ist chaotisch … nett ausgedrückt«, entgegnet Mia lachend. »Aber ich möchte keine andere Familie haben. Wenn ich beim Abendessen mit allen auf der

Veranda sitze und sie mir so ansehe, dann weiß ich, ich hab alles richtig gemacht.«

»Ohhhh …«, macht Bethy. »Das ist jetzt ein schöner Abschluss. Ich würde sagen, die meisten Fragen der Leser habt ihr echt cool beantwortet. Ich danke euch für eure Zeit und für eure Zurückhaltung, obwohl Tristan hier mit Francesco in einem Raum sein musste.«

»Jaja.«

»Danke auch an meine liebste Krücke …«

»Oh Gott …«

»Für einfach al…«

Mit einem Mal wird die Tür mit Wucht aufgestoßen und ein Rüpelrocker, wie er im Buche steht, in zerrissener Jeans, Boots, Muskelshirt und Lederarmband, kommt in den Raum gestürmt, woraufhin fast alle Frauen einträchtig und sehr verträumt seufzen, außer Babels, die schreit: »Roootzi!«

»Mann! Verfluchter Shit! Wann sind wir endlich dran?«

Bethy verdreht die Augen. »Dein Buch ist noch nicht mal draußen …«

»Ja, das ist mir schon klar, aber jetzt wird's echt mal Zeit. Die Welt muss erfahren, wie verflucht umwerfend ich bin!«

»Jaaahaaa … ich hab dir doch gesagt, wahrscheinlich im September. Jetzt geh wieder zurück in die Festung und posiere für die Coverfotos!«

»Darf ich mitgehen?«, fragt Babels und springt auf.

»Ja … natürlich! Du musst das Cover ja fertig machen, und pass auf, dass er nicht wieder das ganze Shooting schmeißt, weil alle anwesenden Frauen beinahe an Dehydrierung draufgehen!«

»Hey, was willst du, ich bin eben geil ... «, mischt sich der sexy Rocker ein.

»Mach ich. Irgendwelche Coverwünsche? Vielleicht ähm nackt?«, antwortet Babels und ignoriert seine Worte.

»Oh Gott …«, stöhnt Bethy.

»Yeah, Babe … komm und bring mich brav in mein Bettchen … Dort kannst du mich fotografieren«, verkündet Mason Hunter mit tiefer, patentierter Schmelzstimme und nimmt Babels Hand, bevor sie zusammen den Raum verlassen und Tristan sich wieder mal einen Spruch nicht verkneifen kann.

»Der ist echt noch krasser als ich, und das will was heißen … Aber ich mag den Pisser.«

Als würde das alles nicht reichen, hört man schon vor der Tür ein Brüllen. »BEEEEETHYYYY, komm sofort in mein Büro! Du musst dir was anhören! Das Hörbuch von *Immer wieder samstags* ist fast fertig, es…!«

»Anke! Halt die Klappe! Das ist noch *Topf Secret*! Okay! Ich glaube, das war's jetzt! Wir beenden das hier an dieser Stelle und hoffen, dass dieses Interview den werten Lesern gut gefallen und sie vielleicht neugierig auf weitere Projekte gemacht hat!«

Bethy lacht teuflisch – wie die Hexe Ursula – und klappt ihren Laptop zu …

- ENDE -

XXXXXL Leseprobe

Rock oder Liebe

ZUM BUCH:

»Dieses sinnlose Rumgeschreie. Dieses permanente Rumgehüpfe. Dieses unnütze Gitarrenzerschlagen und dieses ordinäre Rumrotzen! Ungläubige Satanisten. Hotelzimmer zerstörende Kunstbanausen. Motorrad fahrende Ampelignoranten! Drogensüchtige Frauenverschlinger!« Das sind Rockstars in den Augen der gefürchtetsten Anstandsdame des Landes. Hannah Amalia Hauptmeier gerät an ihren härtesten Klienten: Spank Ransom, alias Mason Hunter. Selbst ernannter Sexgott, stolzer Schildkrötenbesitzer und dazu noch weltbekannter Rüpelrocker, muss von ihr auf den rechten Pfad der Tugend gebracht werden, denn seine Mutter bangt um das Ansehen ihres einzigen, heiß geliebten, Sprösslings. Grummelnd nimmt Hannah sich des hoffnungslosen Falls an, ohne auch nur im Geringsten zu ahnen, worauf sie sich einlässt.

Der sexy Rüpel hat es sich nämlich im Gegenzug zu *seiner* Aufgabe gemacht, *sie* zu bekehren ... Und zwar auf seine ganz spezielle Art. Diese ist alles andere als jugendfrei, erschreckend betörend und hält sich keineswegs an den *Knigge.* Sein Angebot: nächtliche Spielstunden gegen tägliches Anstandstraining. Letztendlich müssen sich beide jedoch entscheiden, zwischen

Rock oder Liebe.

Vorwort

Ich LIEBE Rotzi und ich LIEEEEBEEE meine SUPERBABELS! Ohne sie wäre es bei dieser Geschichte vor vier Jahren bei Fanfiction gar nicht weiter gegangen! Also könnt ihr euch bei ihr für ihre grandiosen Ideen bedanken! Sie ist wirklich ein kleines Genie! Und sie ist MEIN PERSÖNLICHER STAR!
Die genialen Songs in dem Buch spielen eine riesige Rolle! Ihr müsst sie euch anhören! Beim Lesen leise und danach noch mal so RICHTIG LAUT!
Denn gute Musik ist NUR laute Musik!
Jedes Kapitel trägt etwas von einem Lieblingslied von uns in sich, die Songs sagen viel über Masons Verfassung und die Art ihrer Beziehung aus.
Vielen Dank an die Künstler für ihre atemberaubenden Werke!
In diesem Buch wird er sie und UNS RICHTIG, RICHTIG, RICHTIG aus der Fassung bringen!
Aber das fällt unserem Rocker nun wirklich nicht schwer. Prüdella schon, denn sie HASST es, ihre Contenance zu verlieren.

I BLOW GOOD = ICH LIEBE GOTT

Lieber Gott! Wieso sah ich so aus?
Ich war in eine viel zu enge Jeans gezwängt – laut meiner Schwester eine Röhrenjeans. Obwohl ich Hosen nicht ausstehen konnte, denn ich fand, sie hatten an einer Frau nichts zu suchen. Aber das war nicht das Allerschlimmste.

Das war nämlich mein T-Shirt, welches förmlich an mir klebte wie eine zweite Haut und jede noch so kleine Kontur gnadenlos offenbarte.

Normalerweise trug ich nur schön hochgeschlossene strahlend weiße, gebügelte Blusen. Aber jetzt hatte ich ein schwarzes Oberteil mit der golden leuchtenden Aufschrift »I BLOW GOOD« an. Da ich mich vehement dagegen wehrte, die englische Sprache zu lernen, schließlich lebten wir in Deutschland, hatte ich keine Ahnung, was die grellen Buchstaben auf meiner Brust bedeuteten.

Magda und Rosi, meine lieben, kleinen Schwestern, die mir dieses Grauen angetan hatten, mussten jedes Mal lachen, wenn sie mich ansahen, was mich ja schon ziemlich skeptisch stimmte. Aber sie hatten mir geschworen, der Aufdruck hieße: ›ICH LIEBE GOTT!‹

Das entsprach meiner Überzeugung, und daher hatte ich das Shirt trotz des unmöglichen Schnitts am Ende voller Stolz und Inbrunst angezogen.

Außerdem waren meine Haare offen! Sie fielen mir in

hinderlichen, kastanienbraunen Wellen über die Schultern – ansonsten trug ich sie immer hochgesteckt und glatt. Jetzt behinderten die losen, lockigen Strähnen ständig mein Blickfeld, weshalb ich in einer Tour versuchte, sie aus meinem Gesicht zu pusten.

»Worauf habe ich mich nur eingelassen?«, murmelte ich zum tausendsten Mal und sah meine jüngste Schwester an, die fröhlich ihren gelben Mini durch den dichten Verkehr lenkte.

»Es wird sooooo lustig! Ganz sicher! Vielleicht findest du ja die große Liebe oder wirst zumindest endlich mal flachgelegt!«, trällerte Magda mit ihrer viel zu hohen Stimme, die ein leichtes Pochen in meiner Schläfe verursachte.

»Nein, danke! Auf Sex kann ich gut verzichten, der wird ohnehin völlig überbewertet. Und wer braucht heutzutage noch Männer? Wir Frauen sind imstande, das Leben auch ohne diese rülpsenden, sich die Hoden kratzenden, viel zu lauten Kreaturen zu meistern. Ohne sie wäre die Welt bedeutend besser dran. Glaubt mir«, antwortete ich gewohnt trocken.

»Aber die Welt ist nichts ohne Spank Ransom!«, schaltete sich von hinten wild hüpfend meine mittlere Schwester ein. Ihre goldenen Locken kamen zum Vorschein, als sie sich zwischen Magdas und meinem Sitz nach vorne zwängte. Innerhalb der letzten Stunden hatte sich ihr Gesichtsausdruck nicht ein Mal geändert: Die blauen Augen waren groß und leuchteten wie bei einem Kind an Weihnachten.

Auf den Wangen befanden sich rötliche Flecken, die darauf hindeuteten, dass sie mehr als aufgeregt war ...

Ich verdrehte die Augen, denn ich wusste, wie sie sich benahmen, wenn es um dieses eine bestimmte Subjekt ging. Magda kicherte auf die Art und Weise, wie Frauen eben kichern, wenn sie an ein photogeshoptes Sexsymbol auf zwei Beinen denken.

»Oh ja, eine Welt ohne Spank Ransom wäre ein schrecklicher, langweiliger Ort und ... so einödig ...« Magda hielt ihre Hand nach hinten, welche sofort eifrig von Rosi genommen wurde. Die Blicke ihrer Augenpaare verwoben sich im Rückspiegel.

»WIR WERDEN IHN HEUTE SEHEEEEEN!«, platzte es aus Magda heraus. Entrüstet schnaubte ich auf und zwickte mir mit zwei Fingern in den Nasenrücken. Besser wäre es jedoch gewesen, mir die Ohren zuzuhalten, denn das hysterische Gequietsche ging soeben in die zweite Runde.

»JAAAAAAAAAAAAAAAAA! Und er wird sicher wieder seinen Mikrofonhalter trocken ficken!«

»Und er wird ins Mikro stöhnen!«

»Vielleicht hat er wieder eins von diesen zerfetzten Muskelshirts an?«

»BOAH, JA! Nippelpiercing-Alarm! Und er wird sich durch die sexy Haare streichen!«

»JAAAA, und ... und ... und ... Er wird sich über die Unterlippe lecken!«

»Er wird wieder seinen Schlafzimmerblick aufsetzen ...

oh, ich komme fast, wenn ich nur an diesen Fickblick denke!«

»WORTWAHL!«, rief ich dazwischen, wurde jedoch ignoriert.

Mit jeder Sekunde führten sie sich gleichermaßen lauter und jünger auf – aber eigentlich befanden sie sich bereits den ganzen Abend auf dem Level von vierzehnjährigen Pubertierenden. Unter normalen Umständen waren sie allerdings neunzehn und zweiundzwanzig Jahre alt.

»VIELLEICHT WIRD ER MICH ANSEHEN!«

»WENN, DANN WIRD ER *MICH* ANSEHEN!« Rosi richtete ihre voluminösen Locken im Handspiegel. Mir reichte es! Die ganze Fahrt über ging das schon so und genau an dieser Stelle setzte ich diesem Trauerspiel ein Ende!

»ER wird *keine* von euch beiden ansehen! In dieses Stadion passen 80.000 Personen, und *sollte* er euch zufällig doch bemerken, wird er versuchen, sich so schnell wie möglich in Sicherheit zu bringen. Denn er wird sofort erkennen, dass ihr von Satan besessen und absolut durchgeknallt seid!«, warf ich etwas lauter als üblich ein, denn ihr Pseudo-Teenager-Gehabe ging mir extrem auf die Eierstöcke.

Sofort brachen ihre Blicke auseinander und sie fixierten mich drohend.

»Jetzt hör mir mal zu, Han!« Magda zischte wie ein Schnellkochtopf – das war nie ein gutes Zeichen.

»Hannah! Magda, mein Name lautet: Hannah!«

»Ist mir scheißegal!« Unbeeindruckt zischte sie noch eine Stufe zischender. »Wenn ich etwas liebe, dann liebe ich es nun mal *richtig!* Und ich *liebe* diese Band! Ich finde sie machen Hammermusik und sie überbringen wirklich wichtige Botschaften. Ich finde Spank nun mal scharf, und wenn du nicht lesbisch oder total geschmacksverirrt wärst, dann würdest du ihn auch heiß finden! Heiß, heißer, Spank Ransom! Er ist nun mal der schönste Mann auf diesem Planeten! Er hat nun mal eine Stimme wie Samt, und er kann nun mal seinen Hammer-Sabber-Lechz-Körper bewegen wie ein Gott! Außerdem: Wir warten seit *fünf Jahren* darauf, dass sie hier ein Konzert geben! SEIT FÜNF JAHREN! ALSO GÖNN UNS DEN SPASS, WENN DU SCHON KEINEN VERSTEHST! WAS IST DARAN SO SCHWER?« Aus dem Zischen war das bekannte murmelige Wispern durch die Zähne geworden, das sie immer an den Tag legte, wenn sie kurz davor war, die Contenance zu verlieren.

»Bist du jetzt fertig?«, erkundigte ich mich gelassen.

»JA!« Fuchsteufelswild schaute sie wieder auf die Straße und verlagerte kurzerhand ihre Wut. Sie fing an wie eine Verrückte zu hupen, weil sich die Schlange vor uns einfach nicht weiter bewegen wollte. »Verdammte Idioten!«, schrie sie grell. »Wieso geht da nichts weiter? Wir sind eh schon viel zu spät dran, verdammt!«

»Könntest du bitte etwas auf deine Ausdrucksweise achten? Dein Verhalten ist inakzeptabel!«, wies ich sie energisch zurecht.

»NEIN!« Sie warf mir einen glühenden Blick zu. Rosi

von hinten kicherte, denn sie fand es immer komisch, wenn wir eine unserer lautstarken Diskussionen hatten ...

Es war nicht schwer, sich mit Magda zu streiten. Mit ihrer aufbrausenden Art besaß sie das Temperament eines tollwütigen Maultiers, Rosi hingegen war lammfromm – eher ein Faultier, sozusagen. Nichts konnte sie so schnell aus der Ruhe bringen – ich für meinen Teil war sogar noch schwerer zu provozieren. Als zertifizierte Anstandsdame hatte ich mir eine dicke Haut zugelegt, denn ich arbeitete stets mit den härtesten Fällen. Wenn ich jedoch trotzdem wütend wurde, dann richtig!

Davon war ich momentan allerdings meilenweit entfernt, weshalb ich mich in Amüsement rettete, während Magda immer weiter ausrastete, fluchte, hupte und einen hochroten Kopf bekam, welcher ihr im Übrigen überhaupt nicht stand.

Eine gute halbe Stunde später war meine Laune trotzdem dahin, weil in 33 Minuten das Konzert anfangen sollte und wir noch zur Olympiahalle LAUFEN mussten. Ich trug zwölf Zentimeter hohe High Heels und konnte schon unter normalen Umständen kaum damit gehen. Die Pflastersteine waren auch nicht gerade hilfreich, bestimmt bildeten die Blasen bereits Kolonien an meinen Füßen. Hoffentlich würden das keine Amerikaner werden.

Vor dem Eingang wurde das Gedränge richtig schlimm. Einerseits war es gut, dass ich zuvor nichts gegessen hatte, denn so befand sich nichts zum Übergeben im Magen, als ich in den Massen halb zerdrückt wurde.

Andererseits begann meine Optik, unschön zu verwischen, was wohl auf den Sauerstoffmangel zurückzuführen war, der sich einstellt, wenn man von einer wilden Horde wahnsinniger Frauen fast zerquetscht wird.

Hinzu kam auch noch das ständige Gekreische in den grellsten Klangfarben: »SEX ON TWO LEGS! SEX ON TWO LEGS!« Nur um Missverständnisse zu vermeiden, so hieß die Band.

»Wir dürfen uns bloß nicht loslassen«, verkündete Magda. Ich hätte gerne gelacht, weil dies schier unmöglich war, was sich in der nächsten Sekunde bewies. Sie wollte meine Hand greifen, wurde aber weiter nach vorne gedrängt, sodass ich sie nicht packen konnte.

»Ist in Ordnung! Ich komme zu unseren Plätzen«, rief ich ihr zu und sie warf mir noch einen besorgten Blick zu. Doch dann erklangen die ersten Töne der Vorband und Magdas schwarzer und Rosis blonder Kopf verschwanden in der unübersichtlichen Masse.

Gleichzeitig begannen einige der Mädels und sogar die wenigen armen Männer um mich herum *noch lauter* zu kreischen, und stürmten los. Ich wurde hin und her geschleudert und wollte ihnen zurufen, dass dies nur die Vorband sei, aber es hätte mich wohl sowieso niemand gehört.

»Also bitte! Vorsicht! Aufpassen!«, empörte ich mich, als man wiederholt den Versuch unternahm, meine Füße zu zertrampeln. Meine Ansätze, mich mit den Ellbogen zu wehren, blieben relativ erfolglos – ich war einfach zu klein und dazu auch noch äußerst wacklig auf den Beinen ...

Warum hatte ich bloß meinen Regenschirm nicht zur Selbstverteidigung mitgenommen?

Es kam, wie es kommen musste: Ich stürzte ... Und das Letzte, woran ich mich erinnern konnte, war, dass ich mir die Stirn am Geländer aufschlug und nahe der Absperrung auf dem Boden aufkam.

***

Na großartig!

Hatte ich eigentlich schon erwähnt, dass ich Rock ´n Roll und alles, was mit dieser Musikrichtung im Zusammenhang stand, abgrundtief verabscheute?

Dieses sinnlose Rumgeschreie. Dieses permanente Rumgehüpfe. Dieses unnütze Gitarrenzerschlagen und dieses ordinäre RUMROTZEN! Frauen verachtende Satanisten. Hotelzimmer zerstörende Kunstbanausen. Motorrad fahrende Ampelignorierer! Drogensüchtige Frauenverschlinger!

Meiner Ansicht nach war das die Lebensaufgabe aller Rockstars, und ich wusste nicht, wie man zu so einem Menschen werden konnte – möglicherweise wurden sie schon so geboren. In Stiefeln mit offenen Schnürsenkeln und langem Haar!

Das war nicht meine Welt. Ich lebte für gänzlich andere Ideale – ich BESAß wenigstens noch welche!

Und ich hatte keinen blassen Schimmer, was ich gerade tat und wo ich war ...

Ganz besonders, als ich die Augen aufschlug und mich auf einer ungemütlichen, grünen Krankenliege vorfand.

Mein Kopf dröhnte, wie er es getan hatte, als ich mit 15 Jahren das erste und letzte Mal Alkohol getrunken hatte. Als ich aufsah, zuckte ich erschrocken zusammen, denn ich erblickte ein Mädchen, das neben mir auf meinem Lager saß. Anscheinend hatte sie noch nie was von Clearasil oder Wasser gehört, denn ihre Eiterbeulen sprangen mir unwillkommen in mein empfindliches Auge.

»Oh, du bist wach?«, fragte sie und entblößte grinsend ihre Zahnspange inklusive Essensresten für später. Ich glaube, sie hatte Spinat zum Mittag.

Von diesem grausamen Anblick bis ins Mark erschüttert setzte ich mich auf und fasste mir sogleich an den Kopf, in dem sich alles drehte und *von* dem ein Kühlpack direkt in meinen Ausschnitt fiel. Einen spitzen Aufschrei unterdrückend, holte ich dieses schnell heraus und das Mädchen mit der unreinen Haut nahm es mir freundlicherweise ab.

»Scheint so«, antwortete ich, als ich mich an ihre Frage erinnerte. Und leider fiel mir nach und nach auch alles andere ein. »Wo bin ich?«, fragte ich das Mädchen mit der unglücklichen Derma.

»Im Krankenzimmer im unteren Bereich des Stadions. Du hast Glück, dass ein Security gesehen hat, wie du umgerannt worden bist.«

»Aha«, meinte ich alles andere als begeistert. Unvermutet begannen die Augen des Mädchens zu leuchten.

»Aber weißt du was? Wir sind hier im VIP-Bereich, also könnten wir uns auf die Suche nach der Umkleidekabine der Band machen!«

»Kein Bedarf!«, erwiderte ich kurz angebunden und stand auf. Meine Schwestern waren sicher schon besorgt um mich und außerdem musste ja jemand ein Auge auf sie werfen.

Das Zahnspangenmädchen fiel aus allen Wolken. *»Kein Bedarf?«,* wiederholte es ungläubig. »Was heißt hier kein Bedarf? Wir sind in der Nähe des sexiesten Mannes des Universums!«

Ich verdrehte die Augen. Schon wieder so eine Geistesgestörte – offenbar befand sich in unmittelbarer Nähe ein Nest.

»Du kannst gerne für mich mitsuchen«, bot ich an und ging zur Tür. »Also viel Spaß!«, wünschte ich noch höflich, denn der Anstand kam bei mir an erster Stelle.

***

Noch als ich das Krankenzimmer verließ, spürte ich einen unangenehmen Druck auf der Blase, der mir unmissverständlich signalisierte, dass die Natur ihr Recht einforderte.

Ich brauchte eine Toilette!

Aber wo um alles in der Welt sollte ich in diesem Labyrinth an Gängen eine finden? Ich beschloss schon mal loszulaufen, denn mein Bedürfnis wurde von Sekunde zu Sekunde stärker. Nur schwer gelang es mir, die eindeutigen Geräusche zu verkneifen, die man von sich gibt, wenn man unter derartigen Beschwerden leidet. Also viel *Uhhh* und *Ahhhh.*

Meine Füße knickten auch noch bei jedem zweiten Schritt um, weshalb ich versucht war, mir die Heels runterzureißen und sie in den nächstbesten Mülleimer zu verfrachten. Aber Rosi hätte mir den Hals umgedreht, es waren nämlich ihre Lieblingsschuhe.

Gerade als ich dachte, ich würde ein unschönes Pfützchen auf dem Gang hinterlassen, bemerkte ich es: Das Schild, das in allen Ländern gleich aussieht. Eine Dame in einem Hausfrauenkleid.

Von meiner vollen Blase halb wahnsinnig stürmte ich mit vollem Elan durch die Tür und erstarrte, sobald ich erkannte, dass es sich hierbei *nicht* um ein gepflegtes Klosett handelte, sondern um eine Umkleidekabine.

Und in diese trat gerade nackt, wie ihn Gott schuf, mit Wasserperlen auf dem ganzen Körper verteilt, ein Adonis von einem Mann. Er trocknete sich das Haar mit einem schwarzen Handtuch ab, weshalb ich sein Gesicht nicht erkennen konnte. *Was* ich allerdings sah, war überdimensional groß und absolut ablenkend vom Rest der Welt.

Seine Füße!

Ich hasste Füße!

Dann glitt mein Blick nach oben.

Mein empörtes Keuchen war wohl unüberhörbar, denn er ließ das Handtuch verwirrt sinken, und als mir dämmerte, *wem* ich gegenüberstand, folgte noch ein aussagekräftiger Keucher.

Es handelte sich um niemand geringeren, als den

Leadsänger der Band, *Sex on two Legs.* Und ich musste zugeben, der Name traf den Nagel auf den Kopf. Denn das oder besser gesagt *er* war tatsächlich Sex auf zwei Beinen. Zwar hatte ich diesbezüglich keine Erfahrung vorzuweisen, aber meine Fantasie signalisierte mir, dass man es sich so vorstellen musste.

Glatter, überall rasierter, muskulöser Sex auf zwei Beinen.

Tätowierter, atemberaubender, böser Jungen-Sex auf zwei Beinen!

Selbstüberzeugter, frauenverachtender, Idioten-Sex auf zwei Beinen!

Dieser grinste mich verschmitzt an, als ihm auffiel, wie mein Blick über seinen athletischen, tätowierten und gepiercten Körper glitt und erneut an eindeutigen Stellen hängen blieb.

Seine Stimme war samten, doch was er sagte, strafte sie Lügen und brachte mich völlig durcheinander.

»Ja ... mach so weiter und er wird tatsächlich allein von deinem blickgeficke steif. OH! Jetzt hat er gezuckt. Hast du ´s gesehen?« Ich konnte nicht glauben, was er mir da gerade mitteilte, während er auf seinen Penis deutete, der wirklich zuckte und sich Stück für Stück aufrichtete. Jetzt wanderte der Blick seines Besitzers ganz unverhohlen über meinen Körper und blieb nicht etwa zwischen *meinen* Beinen, sondern auf meinem T-Shirt hängen. Er zog eine markante Augenbraue nach oben.

»Nettes Shirt. Hältst du auch, was es verspricht?«

Verdattert betrachtete ich mein Oberteil und dann wieder den empörenden Bereich da unten. Ich konnte mich einfach nicht davon abhalten. Dort wurde es immer härter. Möglicherweise blieb ihm nicht verborgen, wie unendlich peinlich mir die Situation war. Doch anstatt mich daraus zu befreien, machte er es noch schlimmer. Ihn schien es überhaupt nicht zu stören, dass er komplett nackt und beinahe komplett erigiert vor mir stand. Na gut ... für seinen Körper musste er sich auch wirklich nicht schämen, denn dahinter steckte unter Garantie harte, disziplinierte Arbeit.

»Hast du da mit Absicht nichts drunter? Damit jeder deine steifen Nippel sehen kann? Ich muss ja sagen, du hast wirklich ansehnliche Nippel!«

SO! Jetzt hatte er den Vogel aber wirklich abgeschossen! Und Magda und Rosi auch, denn sie hatten mich förmlich dazu genötigt, keinen BH zu tragen. Natürlich verdeckte ich sofort mit beiden Händen die eben so ungeniert erwähnten Stellen.

»Wie bitte?« Ich bekam kaum meine Zähne auseinander, der Qualm schoss mir nur so aus den Ohren. »Ich denke, ich habe mich gerade verhört!«

Der arrogante Adonis war wohl nicht der Meinung, denn er schlenderte zu dem Buffet hinüber, das in einer Ecke des eher kleinen Raumes stand, und machte sich erst mal eine Coladose auf. Als er die kühle Flüssigkeit seinen Schlund hinunterlaufen ließ, fühlte ich mich wie in einer Werbung für dieses koffeinhaltige Getränk, das übrigens fast ausschließlich aus Zucker besteht, weshalb ich dessen Genuss kategorisch ablehnte. Wie gebannt starrte ich seinen

Adamsapfel und diesen muskulösen, tätowierten Hals an.

Und heiliger Jesus, ich wollte Cola!

Jetzt!

Als er die leere Dose mit einer Hand zerknüllte und erst mal laut und ausgiebig rülpste, zuckte ich zusammen. Gütiger Gott! Er benahm sich wie ein Neandertaler! Auch wenn es sich hierbei um ein ungewohnt haarloses Exemplar handelte ...

»Ich denke, du hast schon richtig gehört, Babe. Ich habe gesagt, du hast geile NIPPEL!« Er zwinkerte mir locker zu.

»Babe?«, wiederholte ich ungläubig. Mein Verlangen nach der Zuckerlösung hatte sich soeben verabschiedet, stattdessen bekam ich spontan Diabetes. »Ich fordere Sie höflich auf, in angemessenem Jargon mit mir zu kommunizieren. Ihre Ausdrucksweise lässt mehr als zu wünschen übrig, und würden Sie sich BITTE etwas überziehen. Falls es Ihnen bisher entgangen ist, eine DAME ist anwesend!«

Jetzt fing er an zu lachen. Melodisch und aus vollem Halse.

»Damen würden wohl kein Shirt tragen, auf dem steht. ›Ich blase gut‹!«

»Was?« Perplex starrte ich ihn an. »Das heißt: Ich liebe Gott!«, murmelte ich vor mich hin und nun konnte er wirklich nicht mehr an sich halten. Dieser Mann lachte so ausgelassen, dass er sich mit beiden Händen an dem Buffet abstützen musste, was ein unglaublich anregendes Bild bot. Seine Hinterseite stand seiner Vorderansicht in nichts nach, und sie war genauso glatt ...

»Okay, lass mich das klarstellen«, meinte er, als er sich ein wenig beruhigt hatte. »Du bist kein verrücktes Groupie, das jetzt über mich herfallen wird? Du suchst keinen wilden SEX?«

»Nein, das bin ich sicher nicht!«, erwiderte ich empört. »Was ich suche, ist eine Toilette!«

»Oh! Da kann ich weiterhelfen. Aber die Tür bleibt offen!« Seine Augen tanzten vor Belustigung.

Ich konnte nichts anderes tun, als ihn anzustarren. Natürlich nur zur Sicherheit, damit ER sich nicht plötzlich auf MICH stürzte. Denn sein Penis hatte anscheinend genau das vor. Ich fragte mich, wie so ein Ungetüm je eine Frau begatten könnte, ohne dass es zu ernsthaften Verletzungen kam.

»Ja, der Schwanz eines Mannes ist wirklich interessant, nicht? Wenn du willst, kannst du ihn gerne mal anfassen.«

»Kommen Sie mir mit Ihrem PENIS bloß nicht zu nahe!«, rief ich schrill. »Wäre es eventuell möglich, ihn in eine Unterhose zu packen, wohin er meiner unbescheidenen Ansicht nach gehört?« Nur mit Mühe konnte ich verhindern, mir mit einer Hand die Augen zuzuhalten.

»Der gehört in keine Unterhose«, widersprach er sofort. »Sondern in eine Frau!« Er klang, als wäre es das Selbstverständlichste der Welt und verschränkte die Arme vor der breiten Brust. Ich bemerkte die Tätowierung, die sich als dunkles Muster über seinen gesamten rechten Arm schlängelte. Sie reichte über seine Schulter bis zum Hals und ich sah errötend, dass sie an seiner rechten Seite wieder hinabfloss und sich in der ansehnlichen Leistengegend verlor.

»Sie werden mich doch nicht vergewaltigen?« Im Großen und Ganzen wirkte er nicht so, als würde er sich gleich kopflos auf mich stürzen, aber sein erregter Zustand zuzüglich dieses wilden, zügellosen Benehmens gab mir ernsthaft zu denken.

Er lächelte überheblich. »›Vergewaltigen‹ musste ich noch keine Schlampe, keine Sorge.« Ich zog scharf den Atem ein. Das war ja wohl die Höhe! Gut, dass ich mich nicht angesprochen fühlen musste, jungfräulich und fromm, wie ich war, aber allein diese Betitelung war eine unerhörte Frechheit.

»Ich beende jetzt dieses Gespräch«, verkündete ich sodann. »Es ist mir mehr als unangenehm, Sie getroffen zu haben, dennoch wünsche ich Ihnen noch einen erfolgreichen Abend!« Hoch erhobenen Hauptes wandte ich mich von ihm ab und wollte zur Tür marschieren.

Doch ich kam nicht weit, denn er rief mit voller Inbrunst. »Was für ein Arsch!«

Dann wurde ich schon am Oberarm festgehalten, umgedreht und plötzlich war er mir besorgniserregend nahe. Ich konnte mich glatt in diesen frech funkelnden, goldbraunen Augen mit den dunklen Sprenkeln verlieren. Aus dieser Distanz erkannte ich, dass seine Haut absolut eben war, ohne jeglichen Makel. Es war einschüchternd, wenn ein Mann so einen Teint besaß. Einschüchternd war auch das Gefühl, das seine Finger auslösten.

Es war, als würde eine Kraft von ihnen ausgehen, die sogar meine Knochen in dem Bereich zum Pulsieren brachte, den er gerade berührte. Seine Mundwinkel hoben sich und er lächelte mit seinen vollen Lippen auf mich herab. Fast schon charmant, aber ich ließ mich nicht täuschen.

»Ich dachte, du musst aufs Scheißhaus?« Sein nach Bier stinkender Atem fegte über mein Gesicht und riss mich aus meiner Starre.

»Haben Sie schon mal was von Kaugummi gehört? Das ist ja grauenhaft!« Angewidert hielt ich mir mit zwei Fingern die Nase zu. Der Schalk tanzte in seinen Augen und eine Strähne seiner chaotischen Locken fiel ihm in die Stirn. An den Seiten waren seine dunkelbraunen Haare aber raspelkurz. Er hatte eine wilde Frisur, die zum Rest seines wilden Auftretens passte. Meine Finger zuckten, und ich erschrak, als mir klar wurde, dass ich ihm eben jene Strähne aus der glatten Stirn streichen wollte.

Sein aufwühlender Blick wanderte über mein Gesicht und blieb schließlich an meinen Lippen hängen. Er leckte sich über seine glatte Unterlippe und ich visierte seine rosa Zunge an, die zum Vorschein kam, während sich eine ungekannte Hitze in mir ausbreitete.

Er würde mich doch jetzt nicht einfach küssen?!

»Wagen Sie es ja nicht! Denken Sie nicht mal im ...« Weiter kam ich nicht, denn im nächsten Moment *hatte* er es auch schon gewagt und seinen Mund tatsächlich gewaltsam auf meinen gesenkt. Zunächst war ich wie erstarrt. Die mich sofort durchrauschenden Gefühle waren mit nichts zu vergleichen, was ich jemals erlebt hatte.

Eine Hand stützte er hinter mir an der Tür ab, die andere legte er bestimmend auf meine Taille und drückte mich gegen sich. Oder drückte er sich gegen mich?

Er war so warm, und so hart, und so NACKT!

Ich wusste nicht, was ich tun sollte; viel zu widersprüchlich waren meine Empfindungen. Dafür schien er allerdings ganz genau im Bilde darüber zu sein, was *er* tun musste, um meine Barrieren niederzureißen.

Seine Zunge strich über meine Unterlippe und mir entkam ein peinliches kleines Seufzen, als ich spürte, wie samtig sie sich anfühlte. Durch meinen kleinen Patzer öffnete sich mein Mund, was er offensichtlich als Einladung auffasste, die ich ihm überhaupt nicht hatte erteilen wollen!

Seine Lippen verzogen sich zu einem garantiert triumphierenden Grinsen, was seinen herausragenden Kussfertigkeiten aber keinen Abbruch tat.

Ohne dass ich es verhindern konnte, berührte meine neugierige Zungenspitze die seine, worauf eine Art Elektroschock durch meinen gesamten Körper rauschte, dessen Auswirkungen sich pulsierend zwischen meinen Schenkeln sammelten. Ungefähr im selben Moment schalteten sich mein logisches Denkvermögen und mein Anstand aus, auf die ich so stolz war, und ein unbekannter Teil meines Unterbewusstseins kämpfte sich nach oben.

Er war dafür zuständig, dass ich beide Arme hob und mich in seinen vollen nassen Haaren festkrallte.

Ebenso war es sein Verdienst, dass sich meine Hüften schamlos an seiner aussagekräftigen Härte rieben, was ihm prompt ein kehliges, überraschtes Stöhnen entlockte.

Mit diesem Gegenangriff hatte er nicht gerechnet.

Mein Herz versuchte, mich von innen heraus zu erschlagen. Meine Atmung ging stoßweise und vermischte sich mit seinem leisen Keuchen.

Plötzlich störte es mich nicht mehr, dass er getrunken hatte. Denn sein so süßes und gleichzeitig verruchtes Aroma, vermischt mit dem herben Geschmack von Cola und Bier war phänomenal. Die Geschmacksknospen in meinem Mund tanzten Samba.

Ich hätte nie gedacht, dass sich ein einziger Kuss so anfühlen könnte. So alles verzehrend. Außerdem registrierte ich total überrascht, dass er mich allein damit so durcheinanderbringen konnte.

Mein Name war mir entfallen, ich wusste nicht, dass ich nach einer Toilette gesucht hatte oder dass ich Männer wie ihn abgrundtief verabscheute.

Das lag wohl daran, dass der Mann, der mir gerade den Verstand raubte, der beste Küsser der Welt zu sein schien, obwohl sich meine Erfahrung auch hier gegen Null bewegte.

Leider, oder sollte ich sagen: gottseidank, ging er einen Schritt zu weit, weshalb sich mein Haupthirn wieder einschaltete.

Denn er fuhr in dieser Sekunde mit seiner Hand über meinen Bauch hinauf, bevor seine langen Finger unvermittelt meine Brust packten und sie mit einem eindeutig primitiven Laut drückten, der aus den Tiefen seiner Kehle stammte.

Und endlich, ENDLICH, tat ich das, was ich schon die ganze Zeit hätte tun sollen.

»Sie Rüpel!«

Mit aller Kraft stieß ich ihn an den breiten Schultern von mir, und im nächsten Moment landete meine flache Hand laut klatschend in seinem verdatterten Gesicht.

PATSCH!

Entgeistert und atemlos starrte er mich an, während seine langen tätowierten Finger langsam die geschändete Wange abtasteten.

Ich hingegen stürmte wortlos an ihm vorbei in den Raum, aus dem er gekommen war, in der Hoffnung, dass sich in den Duschen auch Toiletten befanden. Ich hatte Glück.

Natürlich sperrte ich ab und legte die Brille sorgfältig mit Papier aus, bevor ich mich erleichterte. Dabei ließ ich mir extra viel Zeit, denn schließlich müsste er ja wohl irgendwann auf die Bühne gehen.

So war es dann auch. Als ich die Geräusche einer zuschlagenden Tür hörte, linste ich vorsichtig in den Raum. Er war verschwunden.

Nur sein wundervolles Aroma verharrte noch in der Luft. Wie von selbst hob sich meine Hand und meine Fingerspitzen strichen über meine immer noch prickelnde Unterlippe.

Der Kuss war der Wahnsinn gewesen, aber den Rest konnte man vergessen. Ich betete, dass ich diesen primitiven Neandertaler nach diesem Konzert nie wiedersehen würde.

Doch ich hatte soeben gesündigt, weshalb meine Gebete nicht erhört wurden ...

2. Down with the Sickness!

(Disturbed)

Als es mir endlich gelang, mich in die Halle zu meinen Schwestern durchzukämpfen, trug ich die Mörderschuhe tatsächlich in den Händen. Unsere Plätze befanden sich praktisch direkt neben der großen Bühne. Erschöpft wie nach einem Tagesmarsch durch den Dschungel, ließ ich mich auf den unbequemen Plastikstuhl fallen, zog mir die Dinger wieder an und verschnaufte ausgiebig.

Rosi und Magda beobachteten derweil, wie die letzten Techniker über die Bühne liefen. Dabei hielten sie sich aufgeregt an den Händen und bekamen gar nicht mit, dass ich von den Toten auferstanden war.

Zum Glück!

Nach diesem verruchten Überfall hatte ich mich nämlich immer noch nicht gefasst. Nach wie vor spürte ich seine langen Finger auf der Haut, und fühlte mich einerseits beschmutzt und entehrt, aber andererseits auch irgendwie ... *anders*.

Ich wollte nicht, dass mich dieser Rüpel *anders* fühlen ließ. Doch er tat es.

Wenn ich an die paar Minuten in der Umkleidekabine zurückdachte, in denen seine Lippen auf meinen gelegen hatten, geriet mein Blut in Wallung, ob ich wollte oder nicht.

Nachdem sich mein Puls normalisiert hatte, konnte ich mich wieder meiner Umwelt widmen. Die Bühne war rund und das schwarz funkelnde Schlagzeug mit der Riesenaufschrift »SEX ON TWO LEGS« befand sich auf einer Erhöhung.

Rechts und links davon führten zwei Laufstege in die jetzt schon ungeduldig schreiende Menge, vermutlich um den Sänger seinen Fans näherzubringen oder dem Neandertaler in ihm die Möglichkeit zu geben, noch mehr unschuldige Frauen zu verwirren. Einer davon war vielleicht zwei Meter von uns entfernt. Dies bereitete mir Angst, denn ich saß genau neben einem Gang und hoffte aus tiefstem Herzen, dass er mich nicht erkennen würde. Zur Sicherheit sank ich auf meinem Sitz unauffällig zusammen.

Gütiger Gott! Jetzt war ich schon genauso hirnumnebelt wie meine Schwestern! Wie sollte er mich bitte unter 80.000 anderen Menschen identifizieren? Meine Paranoia war grenzwertig! Es galt, sich zu beruhigen und endgültig zu einem normalen Blutdruck zurückzukehren. Außerdem empfahl ich mir dringend, einfach zu vergessen, was geschehen war. Denn andernfalls würde meinen Schwestern klar werden, dass etwas nicht stimmte. Und sie mich daraufhin KÖPFEN, wenn sie jemals herausfänden, dass ihr innigster Traum in Erfüllung gegangen war.

Für mich ...

Dabei hatte ich das gar nicht gewollt!

Gierig blickte ich auf das Wasser in Rosis Händen und zog an ihrem kurzen schwarzen Rock, um auf mich aufmerksam zu machen. Nur ungern nahm sie den Blick von der Bühne, um den Störenfried in die Schranken zu verweisen. Als sie registrierte, dass ich es war, huschte Erleichterung über ihr Gesicht. Sie ließ sich auf den Stuhl neben mich fallen. Obwohl es sehr unhöflich war, nahm ich ihr ihren Wasserbecher aus der Hand, und trank ihn in einem Zug aus.

»Zum Glück bist du da! Wir dachten schon, du wärst getürmt!«, sagte sie mit ihrer für eine Frau viel zu tiefen Stimme.

»Als ob ich dazu eine Chance hätte!«, murmelte ich spöttisch.

»Und wo warst du?«

Jetzt wurde auch Magda auf mich aufmerksam, nahm ihren Platz neben Rosi ein und beugte sich vor, um mich von unten bis oben mit Blicken zu scannen.

»Ja, wo verdammt noch mal warst du und wieso sehen deine Haare so komisch aus? So zerwühlt? Und deine Lippen, sind die geschwollen?« Magda schob Rosi aus dem Weg und kam meinem Gesicht so entsetzlich nahe, um meinen Mund zu begutachten, dass ich zurückwich. Ihr Blick inspizierte auch meine Stirn, auf der mit Sicherheit in dicken, roten Buchstaben blinkte:

Ich hatte Kuss-Sex!

Automatisch rieb ich darüber.

»OH BITTE, Magda. Hör auf zu fluchen ... Ich ... bin umgefallen und wurde ohnmächtig.« Rosi sog schockiert den Atem ein, doch Magda wirkte weiterhin skeptisch.

»SIEHST DU!« Ich hob meinen geraden Pony und zeigte ihr als Beweis die unschöne Beule auf meiner Stirn.

»OH!« Nun sah auch Magda mich mitleidig an.

»Ich wurde ins Krankenzimmer gebracht.« Die Augen meiner Schwestern weiteten sich. »Aber es war nicht der Rede wert«, winkte ich ab und drückte den kühlen Becher gegen die Beule. Alles, was weiter passiert war, ließ ich vorsichtshalber aus, denn mein Kopf gefiel mir eigentlich ganz gut auf meinen Schultern. »Es hat eben seine Zeit gedauert, bis ich mich zu euch durchkämpfen konnte. Zwischen den ganzen Verrückten hier könnte man glatt Angst bekommen!«, ergänzte ich und zuckte mit den Schultern, bevor ich mich erschöpft zurücklehnte und die Augen schloss

»Oh Süße, und wir haben dich einfach allein gelassen!« Rosi strich mir eine Strähne aus der Stirn, worauf ich ihr auf die Finger schlug.

»Ich kann schon auf mich selber aufpassen, vielen Dank!« Nebenbei kramte ich bereits in meiner Handtasche nach meinen Ohrstöpseln, die ich fast überall mitführte. Schließlich veranstalteten die in diesem Land Bauarbeiten an jeder Ecke und mein tadelloses Gehör bis in die höchsten Frequenzbereiche war mir heilig.

Doch die Ohropax wurden sofort meinen Fingern entwunden und kurzerhand nach hinten in die Menge geschmissen. Rosi lachte ihr dunkles Lachen, wohl wegen meines Gesichtsausdrucks, und warf ihre Korkenzieherlocken über die Schulter.

Ich betrachtete sie derweil düster und überlegte nicht zum ersten Mal, dass der Mann, der sie mal abbekam, ein armer aber auch glücklicher Kerl sein würde. Rosi hatte all ihre Schönheit von unserer Mutter geerbt. Die goldblonden Haare, die groß gewachsene Figur, mit den perfekten Proportionen. Sie besaß von uns Dreien die größten Brüste, worum sie Magda schon immer beneidet hatte, denn diese war so flach wie ein Brett. Außerdem war Magda die Kleinste von uns. Dafür hatte sie die größten Augen und den extrovertiertesten Charakter.

Was das Selbstbewusstsein anging, lagen meine Schwestern gleichauf. Daran mangelte es beiden nicht. Sie wussten, dass sie intelligent und gleichermaßen schön waren. Magdas feingliedriges Gesicht wurde von einem modernen Bob umrahmt, während Rosis Züge weicher und klassischer ausfielen – so auch ihr Haarschnitt. Ihr Körper steckte momentan in einem kurzen schwarzen Rock, gleichfarbiger Strumpfhose, Glitzeroberteil mit Fledermausärmeln und sie war behängt mit allerhand Ketten und Schmuck. Die Strumpfhose hatte wohl einen zu wilden Waschgang in der Maschine durchgemacht, denn sie war über und über mit Rissen verunziert. Unmöglich. Ich hatte ihr angeboten, sie zu nähen, worauf sie mir allen Ernstes einen Vogel gezeigt hatte.

Magda wiederum hatte sich in ein dunkelblaues Korsage-Kleid mit Spitze gezwängt. Das kombinierte sie mit einer unversehrten Strumpfhose und vielen Armbändern.

Beide wirkten wie zwei Rockerbräute, was sie nebenbei bemerkt auch waren. Den ganzen Tag hörten sie nichts anderes als diese Musikrichtung. Bevorzugt ›Sex on two Legs‹. Dabei konnte ich Spank Ransoms grölende Stimme einfach nicht mehr ertragen, und sein Gesicht mochte ich auch nicht sehen! Denn wenn ich die Zimmer meiner Schwestern betrat, schaute er mich von allen Wänden mit diesem meines Erachtens hohlköpfigen Ausdruck an, der mein eigen Fleisch und Blut aber regelmäßig zum Seufzen brachte. Die Plakate bereiteten mir Angst und hatten mir den einen oder anderen Albtraum beschert!

Sie verhielten sich wie zwei kleine Mädchen und nicht Erwachsene, wenn es um ihn ging! Aber er hatte es wohl an sich, die Frauen mit nur einem Blick in den Wahnsinn zu treiben. Auch wenn er sie nur von einem Plakat aus anstarrte ... Jetzt wo ich ihn kennengelernt hatte, konnte ich diese Faszination ein wenig verstehen, denn auf eine frivole Art hatte er auch mich in seinen Bann gezogen. Es fiel mir schwer, mir das einzugestehen, und ich war froh, als das Licht plötzlich erlosch und die Bühne strahlend rot erhellt wurde.

Verschiedene Laserlichter schossen unkontrolliert, wie verirrt, durch die Halle und hüllten sie in mystische Farben. Flüchtig, dann wurde es stockdunkel und gleichzeitig sehr still. Man hätte eine Stecknadel fallen hören können.

Ein Rülpsen direkt ins Mikrofon durchbrach die Anspannung und alle begannen zu kreischen!

Die Musik setzte ein, heftiges Schlagzeug, dann E-Gitarre ... Sie war mitreißend, das musste ich zugeben, ob ich wollte oder nicht.

»Can you feel that?«

... hauchte eine tiefe männliche Stimme in das Mikrofon, die anscheinend den puren Sex symbolisierte!

»Oh Shit ...«

Die Worte fuhren leider direkt in meinen Intimbereich. Vermutlich klang er so, wenn er gerade in eine Frau eindrang ...

»OW WAHAHAHAHAHAHA!«

... grölte er plötzlich ins Mikro. Ein Feuerwerk erhellte den Saal, und brachte die Menge zum Ausflippen, als Spank Ransom auf die nun erleuchtete Bühne sprang. Alle hechteten auf die Beine, Hände schnellten nach oben, ungebändigte Energie flutete alles.

»Was für ein Affe!« Ich verdrehte die Augen und verschränkte die Arme, während die Masse um mich herum zu toben begann.

Er gab weitere Primatengeräusche von sich. Neben ihm hüpfte sein blonder Gitarrist umher wie Rumpelstilzchen und sein Bärenschlagzeuger schlug wie ein Besessener auf sein Instrument ein. Doch die waren eher nebensächlich.

Ich konnte nicht umhin, mir *ihn* genauer anzusehen, als er mit beiden Händen sein Mikrofon umfasste. Zu Magdas und Rosis absoluter Benebelung vergewaltigte er im Takt den Mikrofonständer, während er weiterhin widerliche Töne produzierte.

Mein Gott, konnten meine Schwestern nicht ›Richard Wagner‹ lieben?

Er hatte eine enge schwarze Lederhose und offene Stiefel an, über deren Schnüre er sicher noch stolpern würde und dadurch unter Umständen sich oder andere verletzen könnte, was ich persönlich sehr verantwortungslos fand. Dazu trug er ein zerrissenes enges, dunkles Muskelhemd, das mehr zeigte als verdeckte. Um seine ausgeprägten tätowierten Unterarme schlangen sich Lederarmbänder. An seinem Hals baumelte eine dicke silberne Kette, und die Haare hingen wirr in alle Richtungen. Seine schlanken Hüften – verziert mit ein paar Nietengürteln – bewegten sich im Takt der Musik, als hätte er das professionell gelernt. Dabei war seine Ausstrahlung wahnsinnig erotisch, das konnte ich nicht leugnen.

Und als er anfing zu singen ... zu *singen* ... nicht zu grölen ... fühlte ich mich von seiner Stimme in eine andere Welt davongetragen ...

»Drowning deep in my sea of loathing

Broken your servant I kneel

(Will you give it to me?)«

Die Menge schrie. »JAAAAAAAAAAAAAAAAA!«

»It seems what's left of my human side

It's slowly changing in me

(Will you give it to me?)«

Die Masse flippte komplett aus, und auch mein Herz schlug inzwischen deutlich schneller. Entnervt merkte ich, wie mein rechter Fuß im Takt auf und ab wippte, weswegen ich mit beiden Händen mein Knie umfasste und es nach unten drückte.

»Looking at my own reflection

When suddenly it changes
Violently it changes (oh no)«

Seine Stimme nahm an Kraft zu, und ich erschauerte von dem Timbre, das unbarmherzig durch die Halle dröhnte. Ich spürte den Bass in jeder Nervenzelle, mein gesamter Körper kribbelte und vibrierte. Das Bein tat einfach, was es wollte und auch mein anderes wollte längst nicht mehr stillhalten.

»There is no turning back now
You've woken up the demon in me ...«

Und dann schaute er mich an!

Der Schreck fuhr mir derart in die Glieder, dass ich mich fast an meinem eigenen Speichel verschluckte. Denn sein Blick brannte sich in meine Augen – er fraß mich förmlich auf. Und er sah *mich!* Er wusste, wo ich saß und er sprach mit mir über sein Lied. Seine Stimme, die runter ging wie Honig, war atemberaubend ... wenn er nicht gerade brüllte und ich hockte nur mit erstarrtem Herzen da, während mir aus irgendeinem Grund die Tränen kamen. Auch wenn ich kein einziges Wort von dem verstand, was er von sich gab.

Er grinste zufrieden, leckte sich über die volle Unterlippe, wandte seinen Blick von mir ab und legte richtig los, als der Refrain begann. Während er beide Arme mit den Handflächen nach oben ausstreckte und das Publikum mitriss, es animierte mitzugehen. Wo und wie auch immer er es haben wollte.

»Get up, come on get down with the sickness
Open up, your hate, and let it flow into me
Get up, come on get down with the sickness
Your mother get up come on get down with the sickness
Your fucker get up come on get down with the sickness
Madness is the gift, that has been given to me!«

Mittlerweile nahm mich das Lied so mit, dass ich schon etwas schunkelte, und mein Kopf unkontrolliert von vorn nach hinten wippte. Von seinen fließenden Bewegungen war ich wie gefesselt. Er war auf der Bühne zu Hause, man merkte genau, wie wohl er sich fühlte. Wie liebend gern er die Frauen zum Kreischen brachte und dazu, vor ihm zu knien und alles für ihn tun zu wollen. Sein durchtrainierter Körper und er waren eins. Eine mächtige Waffe gemischt mit dieser mitreißenden, vollen Stimme!

»I can see inside you, the sickness is rising
Don´t try to deny what you feel
It seems that all that was good has died
And is decaying in me
(Will you give it to me?)«

Und immer noch hatte ich das beängstigende Gefühl, er würde mit *mir* reden!

»It seems you´re having some trouble
In dealing with these changes
Living with these changes
Oh no, the world is a scary place
Now that you´ve woken up the demon in me«

Die Meute war nicht mehr zu beruhigen. Sie sprangen umher und rempelten sich gegenseitig an – flippten vollkommen aus. Schon jetzt flogen die ersten Höschen und Bustiers! Eines nahm er an beiden Enden und rieb es zwischen seinen Beinen. Dann rief er ins Mikrofon.

»Bringt euch deswegen nicht um, ihr notgeilen Wichser!« Er schwenkte es über seinem Kopf und schleuderte es zurück in die Menge. Ich sah nur die Hände, die hysterisch danach grapschten, und verdrehte die Augen. DAS war doch ekelhaft!

Das Lied ging mit einem lauten Knall zu Ende und Spank Ransom sprang gut einen Meter in die Luft, nachdem er sich offenbar völlig verausgabt hatte. Schließlich landete er in guter alter Rockerpose auf den Knien, während rechts und links von ihm rote Feuerwerke explodierten.

Dann stand er mit einer aufreizenden Bewegung auf, schlenderte wie ein Raubtier zu seinem Mikrofonständer, während seine Bandkollegen schon die ersten tiefen Takte vom nächsten Lied spielten.

»Fickt euch alle!« Er zeigte dem Publikum seine zwei Mittelfinger und grinste dämonisch, dabei wurde er bejubelt, als wäre er ein Gott. Aber dieses Grinsen hatte es auch wirklich in sich ...

»Wollt ihr mit uns ausflippen?«

»Jaaaaaaaaaaaaaaaaaaaa!«

»Ich habe gefragt, wollt ihr mit uns ausflippen?«

»JAAAAAAAAAAAAAAAAAAAAAAAAAAAAA!«

»DANN TUT ES, IHR FOTZEN! Vielleicht ist es das letzte Mal, DASS IHR ES KÖNNT!«, brüllte er ins Mikrofon und das nächste Lied fing an, während die Lasershow mir fast die Sicht raubte.

Ehrlich gesagt konnte ich meine Augen nicht von diesem rüpelhaften, aber faszinierenden Mann nehmen, der auf der Bühne herumlief, herumsprang, sogar herum*tänzelte* wie eine Prima Ballerina ... und ständig irgendwelche unschuldigen Gegenstände vergewaltigte, indem er sein Gemächt daran rieb – was meine zwei Schwestern im Übrigen jedes Mal zum WINSELN brachte. Er fasste sich immer wieder an den ausgefüllten Schritt und imitierte mit seiner Zunge eindeutige Bewegungen, die er offensichtlich gut beherrschte. Reihenweise fielen die Frauen neben mir in Ohnmacht, das hatte was von einem etwas chaotischen Dominospiel, und ich dachte, ich wäre in einem schlechten Film, als eine nach der anderen rausgetragen werden musste.

Rosi und Magda waren nicht mehr ansprechbar, sie nahmen nicht eine Sekunde den Blick von ihm. Ihre Augen mussten schon ganz ausgetrocknet sein, ich hatte sie noch nicht *einmal* blinzeln sehen.

Er schaute mich nicht noch mal an, daher wog ich mich in Sicherheit, was ich nur leider nicht war. Denn als er das Ende der Show ankündigte, grinste er besonders fies. Während er ins Mikrofon sprach, und an den Rand der Bühne lief, über den er zu unseren Sitzreihen gelangen konnte, schwante mir bereits Übles.

»So, jetzt ist die Party gleich vorbei ... aber ein Knaller kommt noch ... Für diesen Song brauche ich allerdings weibliche Unterstützung ... denn ohne die ist ein guter Fick kein guter Fick!«

Anscheinend wusste die Masse, welches Lied jetzt folgen würde, denn man schrie schon mal vorsorgehalber los.

»CLOSER! CLOSER! CLOSER!«

»Yeah! Ihr habt so was von Recht! Je näher desto besser!« Entsetzt wich ich zurück, als seine glühenden Augen sich erneut wie Pfeilspitzen in meine bohrten.

Magda und Rosi hielten die Luft an, während er von der Bühne und über die Absperrung sprang und mit leichtfüßigen Schritten auf *mich* zumarschierte. Dabei wurde er von sechs Bodyguards flankiert, ansonsten wäre er untergegangen wie Ramses im Roten Meer.

»NIMM MICH! NIMM MICH! NIMM MICH!«, schrien alle weiblichen Wesen im Umkreis von zehn Metern aus voller Kehle, und ich befürchtete, dass der seit Stunden drohende Hörsturz doch noch kommen würde.

Da war er auch schon bei mir – *direkt vor mir!* – und grinste überheblich auf mich herab. Magda und Rosi erstarrten mit offenem Mund. Ich war wohl die einzige Frau von den 80.000 Anwesenden, die die Arme abweisend vor der Brust verschränkt hatte und ihn wütend anzischte.

»Auf keinen Fall! Ne... AHHHHHH«, kreischte ich, als er sich einfach bückte, mich an den Oberschenkeln packte, und mich über seine Schulter schwang! WAS?!

»Ich habe Beute gemacht, Leute! UGA, UGA«, scherzte er und ich fühlte seine Hand, die mir auf den Hintern klatschte.

»Ich muss doch sehr bitten!«, rief ich, doch das brachte ihn nur zum Lachen, während er mich mit sich schleppte. »Ich bin doch kein Stück Fleisch! Aber Sie sind wirklich ein Neander... URGH!« Er setzte mich mit einem Ruck auf eine Art Thron, der mitten auf die Bühne gestellt worden war.

Inzwischen hielt er das Mikrofon nicht mehr in der Hand, sondern hatte eine kleinere Ausgabe hinter sein Ohr geklemmt ...

Seine Augen glühten mich verlangend und vorfreudig an und in diesem Moment wusste ich, dass ich verloren war. Vollkommen verloren ...

CUT!

3. Closer

(Nine inch nails)

Als ich aufstehen und kurzerhand von der Bühne flüchten wollte, stützte er sich mit beiden Händen an den Lehnen ab und sagte etwas zu mir. Es war nur ein einziges Wort. Allerdings klang er so... dominant ... dass ich tatsächlich vor Schock sitzen blieb.

»Bleib!«

Ich wusste nicht, wie mir geschah. Doch eins war sicher, ich würde es bitterlich bereuen, wenn ich ihm nicht gehorchte.

Das schrie mir zumindest mein Instinkt zu … Denn irgendetwas hatte sich soeben geändert. Womöglich war es die Stimmung, aber plötzlich gab es nur noch ihn und mich ... während er die vollkommene Macht über mich hatte. Es war etwas an seiner Art – etwas so Autoritäres und Bestimmtes, dem man sich nicht entziehen konnte. Etwas Dunkles … aber so … Sinnliches, etwas völlig Einnehmendes.

Die Bühne war sein Spielplatz. Hier hatte er das Sagen – was er mich auch mit jeder Bewegung und jedem einzelnen Blick fühlen ließ.

Dessen genauso sicher wie ich schlenderte er davon und kehrte mit einer roten Reitgerte zurück.

Meine Augen weiteten sich, als er sich damit auf die Handfläche schlug und dann vor mir in die Hocke ging.

Seine Augen brannten sich mit einem Glühen geradezu in meine, woben ihren Bann um mich, während er begann zu singen, oder sollte ich besser sagen ... zu zaubern ... zu flüstern ... zu stöhnen ...

»You let me violate you«

Er hob die Gerte und strich damit federleicht über meinen Kiefer. Dabei starrte er mich innig an.

»You let me desecrate you«

Er ließ sie an der Seite meines Halses hinabwandern und ich erschauerte, als ich das Leder fühlte. Vielleicht lag es an der Berührung, aber meine Augen verdrehten sich genussvoll nach oben, während er mich wissend anlächelte und seine strahlend weißen Zähne blitzten.

»You let me penetrate you«

Mit einem Mal schob er mir die Spitze der Gerte zwischen die Lippen, und ohne jeglichen Befehl leckte ich mit meiner Zunge darüber – schmeckte das Leder. In meinem Bauch zog sich alles zusammen, als seine Augen daraufhin dunkler wurden. Doch innerlich schrie ich vor Schock über mein anrüchiges Verhalten hysterisch auf. Es gelang nur nichts davon an die Oberfläche.

»You let me complicate you«

Auf einmal klatschte er mir mit der Spitze auf die Lippen, zwischen denen mein Atem schon stoßweise entwich. Er schlug nicht fest zu, dennoch zuckte ich zurück.

Er behielt das Folterinstrument in der Hand und stützte sich mit beiden Armen wieder an den Lehnen des Stuhles ab, während er weitersang, hauchte, stöhnte.

»Help me; I broke apart my insides...«

Langsam glitt er aus seiner knieenden Position an meinem Körper nach oben, woraufhin ich die Luft anhielt. Stattdessen konnte ich nur in diese lodernden Augen starren und diese harten Muskeln fühlen.

»Help me; I've got no soul to sell«

Als sich sein Gesicht genau vor meinem befand, verharrte er kurz, grinste verschmitzt und brach somit ein wenig den Bann, was mir zumindest einen Teil meiner motorischen Fähigkeiten wiedergab. Auch wenn es sich nur darin äußerte, dass ich mich hilflos auf diesem Stuhl wand. Dann bewegte er sich noch ein Stück höher, bis seine Nasenspitze fast die meine berührte und ich seinen Geruch wahrnahm. Bier, Zigaretten, Parfum und ein undefinierbares Aroma, was nach Sex schrie – purem Sex. Was Letzteres anging, so konnte ich nur mutmaßen, aber genauso stellte ich es mir vor.

»Help me; the only thing that works for me«

Alles um mich herum begann, sich zu drehen. Seine Präsenz war derart überwältigend, dass es mir zu viel wurde und ich nicht klar denken konnte. Ich spürte, wie ich in seiner Gegenwart komplett die Kontrolle verlor, ich immer mehr abdriftete, wohin auch immer ... und wollte nur noch weg – sofort!

Kurzerhand versuchte ich aufzustehen und ihn wegzuschubsen, doch er hielt mich mit einem Kopfschütteln auf meinem Platz, während er die nächsten Zeilen direkt in mein Ohr sang, als würde ich nicht gegen seine Brust drücken.

»Help me get away from myself!«

Mit einem Mal packte er meine Handgelenke und zog sie schmerzhaft nach hinten. Ich japste entsetzt auf, als ich kühles Eisen fühlte! Aber das war ja nicht genug, nein, seine Lippen waren plötzlich auch noch direkt an meinen!

»I wanna fuck you like an animal«

Ich umklammerte hilflos und ein Stöhnen unterdrückend die Stuhlbeine, bevor ein *KLACK, KLACK* an meine Ohren drang und ich erschrocken bemerkte, dass er mich tatsächlich mit Handschellen gefesselt hatte! Nun war ich wirklich komplett wehrlos! Nicht dass ich mich die letzten Minuten übermäßig zur Wehr gesetzt hätte! Was war nur los mit mir, ich war völlig ... Oh mein Gott ... Seine Lippen wanderten direkt an mein Ohr!

»I wanna feel you from the inside«

Ich fühlte seinen heißen Atem, bevor seine warme Zunge über mein Ohr leckte und ich erschauerte.

»I wanna fuck you like an animal«

Er sang nicht, sondern hauchte die Worte, bevor4 er mich kurz ins Ohrläppchen biss, sodass ich aufkeuchte! Er war ... *animalisch* ...

»My whole existence is flawed«

Mit einem Mal, schaute er mir in die Augen – tief, bis auf meine Seele –, lehnte seine glatte Stirn gegen meine, während sein Atem mein Gesicht umströmte.

Nun hatte er etwas Besänftigendes, etwas Warmes, etwas Trauriges und gleichzeitig Ehrliches an sich. Es fühlte sich an, als würde ich ihn ewig kennen.

»You get me closer to God«

Wir atmeten beide tief durch.

Dann verschwand die Intimität, die zwischen uns geherrscht hatte, als hätte sie nie existiert, weil er aufstand und sich von mir entfernte. Sofort kam ich mir allein und verlassen vor, was für mich völlig unverständlich war und mir gleichzeitig riesige Angst machte. Während ich die aufkommenden Tränen wegblinzelte, die mich in der jetzigen Situation geradezu demütigten, positionierte er sich hinter mir. Ich konnte ihn spüren, die Wärme, die von ihm ausging; seine Ausstrahlung, die in jede Zelle meines Körpers drang.

»You can have my isolation; you can have the hate that it brings«

Seine große Hand packte fest meine Haare und er beugte meinen Kopf zur Seite, bis mein Hals entblößt wurde. Ich fühlte, wie Feuchtigkeit sich zwischen meinen Beinen ausbreitete, aber verstand nicht wieso!

»You can have my absence of faith«

Mit der Reitgerte strich er erneut über meine Halsschlagader ...

»You can have my everything«

Hinab über meine Brüste, deren Nippel peinlicherweise steif waren.

»Help me, tear down my reason«

Meine Atmung ging mittlerweile derart heftig, dass ich Angst hatte zu hyperventilieren, denn das Leder machte auch an meinem Bauch nicht halt und rutschte zwischen meine Beine.

»Help me; it's your sex I can smell«

Er klatschte direkt auf meine pochende Mitte. Eine Welle der Lust durchströmte mich siedend heiß und das hysterische Kreischen in meinem Inneren nahm zu … Ich wollte meine Schenkel schließen, aber mein Körper gehorchte mir einfach nicht!

»Help me; you make me perfect«

Wieder rieb er über meinen Schritt, direkt zwischen meinen Schamlippen entlang. Wann hatte ich eigentlich die Beine so weit gespreizt und warum rekelte mich auch noch wohlig unter dem Leder?

»Help me become somebody else...«

Als er das erregende Folterinstrument von mir löste, schloss ich mit einem Ruck meine Schenkel, während Scham lichterloh in mir brannte. Endlich war ich wieder Herr meiner Sinne, zumindest teilweise. Er hatte mich bloßgestellt, meinen Körper manipuliert und mich Dinge fühlen lassen, Dinge, die allein jeden Gedanken daran verboten. Alles, was er getan hatte, verhöhnte mich und meinen Glauben an Gott. Über meine Schulter hinweg funkelte ich ihn düster an, auch wenn ich spürte, dass ich knallrot war. Aber er grinste lediglich verschmitzt. Ich hasste es!

Tief roch er an der Spitze der Reitgerte und mein Mund klappte vor Empörung auf, während er mir zuzwinkerte!

Und dann NAHM ER SIE AUCH NOCH IN DEN MUND und leckte sie ab. Obwohl ich einerseits völlig angewidert von der Szene war, konnte ich andererseits nicht verhindern, dass ich reagierte, als er mir mit der Gerte über meine Brust strich, während er mich umrundete. Diesmal war es nicht nur Erregung, die meinen Körper durchfuhr, der wiederholt eine Eigenleben zu haben schien – ein Prickeln und Pulsieren. Nein, es waren Blitze und Sterne, die zusätzlich vor meinen Augen tanzten.

»I wanna fuck you like an animal. My whole existence is flawed«

Schließlich warf er die Gerte hinter sich ins Publikum, schaute mir wieder in die Augen – fesselte mich mit seinem mittlerweile komplett dunkel glühenden Blick – und ging abermals vor mir auf die Knie.

»You get me closer to God«

Bestimmend drückte er meine Beine auseinander, bevor er langsam, viel zu langsam, mit beiden Händen an der Innenseite meiner Oberschenkel nach oben glitt, während seine schöne starke Stimme raunte – nur für MICH.

»Trough every forest, above the trees. Within my stomach, scraped off my knees«

Seine rechte Hand strich tatsächlich über meine Mitte. Die Berührung setzte alles in Flammen und beraubte mich jeden logischen Gedankens.

»I drink the honey inside your hive«

Seine langen Finger kamen an meiner Brust zum Stillstand, direkt über meinem Herzen, während er mir in die Augen blickte und sich vorbeugte. Seine Lippen millimeterweit von meiner Mitte entfernt.

»You are the reason I stay alive«

Und dann leckte er mit seiner Zunge über meinen Schritt.

ICH STÖHNTE! ER STÖHNTE! Die Musik ging aus und das Licht auf der Bühne erlosch.

***

Ich saß hier mit ihm in der Dunkelheit – keuchend, erregt, wütend. Wusste nicht, wie mir geschah, wusste nicht einmal, wie ich hieß und wo ich war.

»Jetzt hab ich eine Riesen-Latte ... Kein Vergleich zu der Begegnung in der Umkleidekabine ...«, flüsterte er in mein Ohr, während er die Handschellen öffnete.

Genau in dem Moment, als meine Hände frei waren, ich wieder in der Realität ankam und mir klar wurde, was er gerade mit mir getan hatte, ging das Licht an, und die Masse fing erneut an zu kreischen.

Einige Sekunden starrte ich sein dreckiges, selbstzufriedenes Grinsen absolut fassungslos an. Dann tat ich das einzig Richtige und Angemessene:

»Sie Rüpel!«

Ich schmierte ihm eine – zum zweiten Mal an diesem Abend.

Danach schüttelte ich meine Hand, denn sie brannte wie die Hölle. Er drehte sein Gesicht wieder zurück. Langsam ... Seine Hände ballten sich zu Fäusten.

»Aua«, wisperte ich vorwurfsvoll, erstarrte aber, als ich bemerkte, wie sich sein Blick wandelte.

»Das war einmal zu viel«, flüsterte er drohend, genau genommen ziemlich tödlich, doch er spielte seine Rolle zu Ende, als er mich erneut packte und über seine Schulter schmiss. Breit grinsend drehte er sich zu dem kreischenden und pfeifenden Publikum.

»Und jetzt werden wir der kleinen Wildkatze mal zeigen, wer der Herr im Haus ist!« Kein Danke, keine Verbeugung, kein Nichts! Mit diesen Unheil verkündenden Worten trug er mich von der Bühne.

Mein Herz schlug in meinem Hals und ich vergaß jeglichen Anstand, während ich strampelte und auf seinen Rücken eindrosch.

»Lassen Sie mich runter! LASSEN SIE MICH LOOOS! HIIILFE! HIIIILFE! VERGEWALTIGUNG! MOOORD! TOOODSCHLAG!«

Hinter der Bühne angekommen lachten die Mitarbeiter über ihn und seine Beute.

»Sonst wehren sie sich aber nicht so, Mason!«

»Ich werde ihr schon Benehmen beibringen!«, antwortete er belustigt und brachte mich dazu, ironisch aufzuschnaufen.

»Benehmen! Fangen Sie mir bloß nicht von Benehmen an!«

»Ruhe!«, befahl er nur, und packte sich im Vorbeigehen einen Becher mit Wasser, den er auf einmal austrank und dann achtlos in den Mülleimer pfefferte.

Mir wurde schon ganz schlecht, weil sich bei jedem Schritt, seine Schulter mehr in meinen Bauch zu bohren schien.

»Lassen Sie mich gehen! Reicht es Ihnen denn nicht, dass Sie mich vor allen Leuten bereits gedemütigt haben?«

»Wenn du wüsstest ...« Bei diesen Worten machte sich ein ungutes Gefühl in mir breit, und brach komplett in Panik aus, als ich sah, wie er die Tür seiner Umkleidekabine öffnete. Bevor ich noch einen Mucks von mir geben konnte, stieß er sie mit seinem Fuß hinter uns zu und beugte sich vor, um mich unsanft auf die Beine zu befördern.

»Lassen Sie mich sofort gehen!«, rief ich aus und wollte ihn umrunden, doch er fasste nach meiner Hüfte und presste mich mit seinem starken Arm gegen die Wand. Mit seinem schweißnassen Körper pinnte er mich endgültig fest.

»Keine Chance, Babe...« Er packte meine Handgelenke und zog sie über meinen Kopf. Als ich schon wieder kühles Metall an ihnen fühlte, weiteten sich meine Augen. Kurzerhand wehrte ich mich aus Leibeskräften. Leider ohne nennenswerten Erfolg, denn er schien mein Gezappel zu genießen, wie sein Grinsen verriet.

»WAGEN SIE ES NICHT!

»Oh ... ja, so kannst du gern weitermachen«, schnurrte er fast, und machte beide meiner Hände mit den

Handschellen fest. »Und wo hängen wir dich jetzt auf? AJA!«, überlegte er laut, hob mich einfach wie eine Puppe an den Hüften hoch, und stellte mich ein bisschen weiter nach rechts. Direkt unter die Haken der Garderobe! Unerbittlich zog er an meinen Armen, sodass ich auf die Zehenspitzen gehen musste, während ich ihn förmlich anfauchte, und hängte mich schließlich kurzerhand einfach an einen der Haken.

»DAS IST NICHT IHR ERNST!«, rief ich aus. Ich fühlte mich gestreckt, entblößt und gedemütigt, doch die Genugtuung, dass er vorerst gewonnen hatte, wollte ich mir erstens nicht eingestehen und zweitens nicht zeigen. Also trat ich undamenhaft nach ihn, traf aber nicht, weil er behände auswich.

»Oh doch, Kleine.« Zufrieden ging er einen Schritt zurück, betrachtete sein Werk und leckte sich über die Unterlippe – schon wieder. Ich fühlte mich wie ein frisch geschlachtetes Schwein, das zum Ausbluten am Haken hängt, und kämpfte weiter – härter und wütender –, aber die Handschellen schnitten in meine Handgelenke und der Schweiß strömte nach ein paar Minuten aus jede meiner Poren. Ich biss die Zähne zusammen, während ich wie wild durch die Nase schnaufte.

Blöde Ratschläge konnte er sich auch nicht verkneifen! »Ich an deiner Stelle würde das nicht tun! Das gibt nur unschöne Blutergüsse«, meinte der Besserwisser gelangweilt.

Mit einem Ruck drehte er sich um und ging zu der Sporttasche. Dort suchte er gefühlte Ewigkeiten nach irgendetwas, bis er es schließlich fand und eine Schachtel Zigaretten herausholte. Mit einem silbernen Zippo zündete er sich eine an. Zufrieden ließ er seinen Kopf nach hinten hängen und inhalierte tief den Rauch.

»Sie werden nicht mehr lange so quietschfidel über die Bühne hüpfen, wenn Sie Ihren Körper mit diesen Todesstängeln vergiften.« Nein. In dem Punkt musste ich einen Kommentar abgeben, denn immerhin durfte ich an seinen Krebsverursachern teilhaben, auch wenn sein verschwitzter, rauchender Rockeranblick meinen Bauch zum Schwirren brachte, was ich jedoch niemals zugeben würde.

»Rauchen ist sexy. Das findest du doch auch, oder?« Ich sparte mir Luft, um zu antworten, als er wieder auf mich zuschlenderte und mir den stinkenden Qualm direkt ins Gesicht blies, sich breitbeinig hinstellte und mich anblickte, als wäre ich ein Kunstwerk, das ausgestellt wird, währenddessen sich seine vollen Lippen immer und immer wieder um den Filter legten. Er aschte einfach auf den Boden und hielt schließlich den Kopf leicht schief.

»Was tu ich jetzt nur mit dir?«, fragte er nachdenklich und tippte sich mit einem Zeigefinger gegen die nachgebende Unterlippe.

»Aufhören Ihre und meine Gesundheit zu ruinieren und mich losmachen!« Er grinste breiter, als ich mich beschwerte, und ich fühlte, wie die Dehnung sich ungut auf meinen Rücken ausübte.

»Du bist süß.« Er schlenderte auf mich zu, zog noch mal an seiner Zigarette und presste dann seine Lippen auf meine.

»Hön s uff!«, schrie ich so deutlich wie möglich gegen seine Lippen und versuchte ihn mit meinen Beinen von mir zu stoßen. Doch er lachte nur und brachte sich mit einem Schritt zurück vor meinen Tritten in Sicherheit.

»Oops, jetzt hast du Tabak in der Lunge. Du musst ganz viel Husten. Dann kommt der Scheiß raus.«

»MACHEN SIE MICH JETZT LOS«, kreischte ich nun lautstark und überlegte, gleich damit weiterzumachen, wenn ich schon mal angefangen hatte. »HILFE! HILFE! ICH WERDE VERGEWALTIGT!«

Wenn ich dachte, dass ihn meine Anklage einschüchtern würde, so irrte ich gewaltig, denn nach wie vor zuckten seine Mundwinkel amüsiert.

Er runzelte die Stirn. »Wirst du doch noch gar nicht«, entgegnete er lapidar.

Meine Augen wurden aufgrund seiner Unverfrorenheit groß und so schrie ich weiter – durchdringender: »HILFEEEEE! ICH STEEERBE! HIIILFFFEEE!«

Das brachte ihn zum Seufzen, jetzt wirklich etwas entnervt, und er schnippte seine Zigarette einfach weg. Kurzerhand zog er sich die Boots und die schwarzen Nike-Socken aus und hielt die widerlichen, stinkenden Fetzen direkt vor meine Nase. Ich hätte sie mir sooo gerne zugehalten, doch in meiner Lage konnte ich nur absolut angewidert schauen.

»Noch ein Ton und die hier landen in deinem Mund, du Furie!«

Ich verfiel sofort in den Schweigemodus und presste meine Lippen fest aufeinander. Darauf lachte er melodisch und schmiss auch die Socken wie zuvor den Glimmstängel einfach weg.

Dann ließ er sich nach vorne kippen und fing seinen Körper im letzten Moment rechts und links von mir mit seinen Armen ab, sodass er mir plötzlich viel zu nah war, ohne dass ich ihm ausweichen konnte. Einerseits wäre ich gern geflüchtet, weil er mir ein wenig Angst machte, andererseits wollte ein stärker werdender Teil das überhaupt nicht.

Er strich mit seiner Nase über meine. Seine goldenen Augen funkelten mich verwegen an.

»Wenn du wieder nach mir trittst, gilt dasselbe, und jetzt sag mir, wie du heißt, kleines *I Blow Good und glaube an Gott* Mädchen.«

»Das geht Sie gar nichts an! Im Übrigen bin ich KEIN MÄDCHEN!«

»Hm hm«, summte er gelangweilt und ließ seine Nase über meinen Kiefer gleiten. »Du bist ein Mädchen, und das ist dein Glück. Wenn es nicht so wäre, hätte ich dich schon längst hier hängend durchgefickt, bis du nicht mehr wüsstest, wer Gott überhaupt ist.«

Ich zog scharf den Atem ein. »Das würden Sie nicht wagen!«

Er lachte – wieder einmal –, während seine Nase über meine Wange strich. Ich roch ihn ... fühlte ihn, so nah, hörte seine seidene Stimme. Und meine Beine wurden weich ... Ganz ehrlich ... Sehr weich.

»Du hast keine Ahnung davon, was ich wagen würde, Babe. Ich würde es am liebsten wagen, dich *ordentlich* mit der Gerte zu bearbeiten, bis du nach dem Allerheiligsten schreist ...«

»Meine Güte. Können Sie bitte aufhören, ständig Gottes Namen in den Dreck zu ziehen?«, presste ich zwischen den Zähnen hervor.

»Wenn du mir deinen Namen sagen würdest, könnte ich es ja mal mit dem versuchen.« Er stützte sich von der Wand hinter mir ab und zog sich einfach so sein Shirt über den Kopf. Dabei schaute er mir absolut arrogant grinsend in die Augen, während ich wirklich nicht anders konnte, als seinen Körper anzustarren.

»Das gefällt dir, hm? Das Piercing ist aber auch scharf ...« Als er seine Hände an einen seiner Gürtel legte, wurde mir ganz heiß.

»Du musst keine Angst haben, Babe ... Ich habe dir schon gesagt, dass ich dich nicht vögeln werde. So hart ich auch bin und so gern ich es nach deiner Showeinlage auch tun würde ...« Seine langen wendigen Finger hatten den Gürtel geöffnet. Es folgte der nächste ... und er nächste ... und der nächste...

... und der nächste ...

... und noch einer ...

»Verflucht noch mal«, motzte er nach dem fünften, und ich musste mir ein Lachen verkneifen. Er blickte mich intensiv an und ich verbarg schnell jegliche Belustigung, auf jeden Fall versuchte ich es, doch er zog nur eine Augenbraue nach oben.

»Du bist VERDAMMT süß, weißt du das?«

SO! Jetzt hatte er mich kalt erwischt. Die Röte stieg erneut in meine Wangen. Himmel Herrgott. SÜSS! Dieser Mann hatte mich gerade als süß betitelt, was ich eindeutig nicht sein wollte. Süß waren Plüschhasen! Aber mein Herz machte sich einen Spaß daraus, schneller zu schlagen.

»Ich bin nicht SÜSS!«, japste ich atemlos wie der Fisch am Haken, zumindest fühlte ich mich so.

Endlich hatte er den Kampf gegen seine Gürtel gewonnen und ließ alle klimpernd zu Boden fallen.

»Ja ja, und ich bin nicht scharf auf dich«, winkte er ab, während er den Knopf seiner Hose öffnete.

»Wie weit wollen Sie sich denn noch ausziehen?«, fragte ich nun deutlich verängstigt.

Meinen Einwand ignorierend zog er den Reißverschluss runter. »Den ganzen Auftritt über konnte ich nur an dein dummes Shirt denken! Wer denkt sich bitte so eine Aufschrift aus? Die Person muss doch wirklich komplett einen am Lümmel haben!«

Ich schaute ihn nur entgeistert an, während er sich die Hose von den Hüften streifte.

»Weißt du, wie ätzend es ist, wenn ich auf der Bühne hart werde? Weißt du, was ich mir dann von meinen Bandkollegen anhören darf?« Er sah mich stechend an, als könnte ICH irgendwas für seine entfesselten Hormone! »Dann hole ich dich auf die Bühne, denke, du wirst mir gleich davonlaufen, und WAS MACHST DU? Du leckst die Scheißreitgerte ab, spreizt von allein deine Beine für mich, windest dich in Trance wie eine verkackte Stripperin und weißt nicht mal, was du tust! Du genießt jeden Moment mit mir, und als Dank dafür schmierst du mir letztendlich eine!« Jetzt hatte er sich in Rage geredet und funkelte mich zunehmend dunkler an.

»Ich bin ganz sicher nicht der Part, der geschlagen wird!«, beendete er seinen Monolog und entledigte sich nun auch seiner Shorts.

Mein Mund, meine Augen. Alles stand vor Entsetzen weit offen. Doch er grinste wieder, trotz seines Ausbruchs, und lehnte sich mit seinen Händen rechts und links neben meinen Kopf.

»Dafür musst du bestraft werden«, raunte er nun so samtweich, dass es wohlig in mir nachhallte. Langsam presste er seinen Körper an meinen – rieb sich daran, verteilte seinen Schweiß auf mir und was machte ich?

ICH STÖHNTE, als ich ihn hart und unnachgiebig an meinem Bauch fühlte, während sich meine Augen nach oben verdrehten.

»Oh ja, du willst mich ... Das habe ich schon vom ersten Moment an gespürt, Babe. Ich höre es an deinem hektischen Atem, sehe es an deiner erröteten Haut und in deinen gierigen Augen ... Also leugne es erst gar nicht!« Sein Mund schwebte über meinem.

Ich biss mir auf die Lippe.

»Lass mich das machen«, hauchte er, dann packte er meine Unterlippe mit seinen Zähnen und befreite sie, umschloss sie mit seinen Lippen und saugte zärtlich daran.

»Bitte nisch ...«, stöhnte ich.

Er ließ sie lächelnd los.

»Hmm, du schmeckst auch ... SÜSS«, wisperte er in meinen Mund und strich mit seiner Zunge über meine Oberlippe. Meine Beine wurden unsagbar weich, mein Schritt noch feuchter; ich wusste nicht mehr, wie mir geschah, doch plötzlich stieß er sich von der Wand ab und ging einen Schritt zurück.

»Jepp, du willst mich. Aber du wirst mich nicht bekommen – noch nicht. Ich muss nämlich ganz dringend duschen und ich werde mir auf dich einen runterholen. Bleib schön hängen.« Somit drehte er sich pfeifend um und marschierte nackt, wie ihn ein sehr gütiger Gott erschaffen hatte, in das Bad.

Mir hingegen blieb nichts anderes übrig, als hier weiter am Haken zu hängen. Doch das war nicht mein größtes Problem.

Gütiger Gott! Ich war angefüllt mit unziemlichen Gedanken. Mein Kopf war komplett umnebelt. Ich hatte die schlimmsten Bilder vor Augen, die ich im Grunde nicht kennen durfte, weil ich noch nie Sex gehabt hatte.

Was machte dieser Mann nur mit mir? Wie würde ich diese grauenhaften Bilder nur jemals wieder loswerden?

Ich schloss die Lider, versuchte mich zu beruhigen und die dumme Farbe aus meinem Gesicht zu bekommen. Was kläglich scheiterte, denn im nächsten Moment hörte ich ein unverkennbar tiefes Stöhnen aus dem Bad. Ein Kribbeln durchfuhr meinen Körper, und wieder drang seine Stimme zu mir ...

»Oh Babe, wenn ich deinen Namen wüsste, würde ich diesen jetzt stöhnen ...«

Ich verdrehte die Augen, konnte mir aber ein Kichern beim besten Willen nicht mehr verkneifen. Und DAS war erst peinlich! Denn ich kicherte SONST NIE!

Gerade in dem Moment, als ich dieses für mich so untypische Geräusch von mir gab, ging die Tür auf und meine zwei Schwestern, gefolgt von seinen Bandkollegen, stürmten das Zimmer wie ein Rettungskommando.

»OH FUCK!« Irritiert schauten sie sich in der Umkleidekabine um. Sie bemerkten seine Kleidung auf dem Boden und auch den dummen roten Schimmer auf meinen Wangen, wahrscheinlich hatten sie auch noch diesen Lachlaut bemerkt, und starrten mich schließlich entgeistert an.

»Wo ist er?«, fragte Magda, die sich als Erste fing, während seine Bandkollegen seufzend die Tür hinter sich schlossen.

»ICH BIN DUSCHEN und hole mir einen auf sie runter. Kann mir mal jemand ihren Namen verraten?« Ich seufzte nur, schüttelte den Kopf und verdrehte die Augen.

»Ahhh«, kreischten Rosi und Magda gleichzeitig. »OH mein GOTT. Oh mein GOTT. Oh mein GOTT!« Sie packten wieder ihre Hände und hüpften herum, als hätte sie jemand ihrer letzten Hirnfunktionen beraubt.

»Könnt ihr mich BITTE losmachen?« Unter meinem Blick kuschte Blondi sofort und kramte in der schwarzen Hose auf dem Boden nach dem Schlüssel.

»MACHT DAS JA NICHT! Ich bin noch nicht fertig mit ihr!«, rief er nun deutlich beunruhigt, während er das Wasser abstellte.

Zum Glück hatte mich Blondi bereits befreit, und ich rieb mir die Handgelenke, bevor ich meine Schwestern mit Eisengriff an den Armen packte und sie mit mir zerrte.

»NEIN, Han ... NEIN! NEIN! BITTE NICHT! NEIN!« Sie wehrten sich, doch ich war stärker – getrieben von einer unbändigen Furcht vor diesem Mann und den Gefühlen, die er in mir hervorgerufen hatte.

»RUHE!«, befahl ich und floh so schnell ich konnte. Die beiden hatten keine Wahl, als mir stolpernd zu folgen.

Ich schaffte es nach draußen und bis zum Auto, wo sich Magda dann weigerte, ans Steuer zu setzen, weil sie schmollte – es liefen sogar ein paar theatralische Tränen. Also stieg ich entnervt ein und gab Gas.

Die ganze Fahrt über redeten meine Schwestern kein einziges Wort mit mir, während ich versuchte, zwanghaft die Bilder zu vertreiben, aber kläglich scheiterte.

CUT

4. Supermassive Black Hole

(Muse)

Rotzi

Rotzt Rotzi ab?

... stand dick und fett über dem Artikel, auf den meine Mutter mit ihrem rot lackierten Fingernagel einstach und mich dabei ansah, als wäre ich die personifizierte Ausgeburt der Hölle.

Ihr Blick glitt an mir entlang und verweilte auf meinen Beinen, die in schwarzen Lederhosen steckten, und meinen Füßen in den Boots, die an den Knöcheln verschränkt auf ihrem weißen Couchtisch lagen. Als ich auf diese stumme Aufforderung nicht sofort reagierte, zog sie eine ihrer perfekt gezupften Augenbrauen nach oben. Ich seufzte und setzte mich in eine mannesunwürdige Pose, während sie die Zeitung nahm, ihre Brille auf der Nase richtete und anfing vorzulesen. Dabei schritt sie vor mir auf und ab, wie eine verkackte Lehrerin.

Spank Ransom (halb Deutscher, halb Amerikaner) überschreitet von Auftritt zu Auftritt mehr Grenzen. Deshalb beratschlagen derzeit einzelne Länder, ob es nicht angeraten wäre, seine extremen Shows zu verbieten. Insbesondere die USA sprechen sich dafür aus, in der er einen wahren Hype, ähnlich wie James Dean und Elvis Presley damals, auslöst.

Sein Einfluss auf seine Fans grenzt an Hörigkeit. Er vermittelt einen derart negativen Vorbildcharakter, den die jungen Leute, die ihn sowie seine Musik geradezu vergöttern, bereits kopieren. Des Weiteren ist insbesondere seine weibliche Anhängerschaft davon betroffen. Seine stets ausverkauften Konzerte gleichen einer Fleischbeschau, in denen sich die jungen Mädchen ihrem Idol geradezu anbieten, während sie seine provokanten Texte lautstark mitsingen", betonen Kritiker wiederholt.

»Yeah!« Ich zupfte an meiner Locke, die mir gekonnt in die Stirn fiel. Meine Mutter verengte die Augen und warf mir einen Blick zu, der sicher dazu gedacht war, mich bei lebendigem Leib zu verkohlen, bevor sie weiterlas.

Neben angedeutetem Sex auf der Bühne, Urinieren an jeder Ecke und dem ständigen ... Sie räusperte sich, denn sie weigerte sich schlichtweg, Schimpfworte in den Mund zu nehmen, weil sie diese für geschmacklos und unter ihrer Würde hielt. Aber ich wusste, dass sie »FUCK YOU!« meinte.

... empört er die Menschheit mit nackten Auftritten, wo es ihm beliebt, Drogeneskapaden und was weitaus schlimmer ist: Sex in der Öffentlichkeit.

Seit dem letzten Fauxpas, als er im Schaufenster einer Parfümerie zwei Mitarbeiterinnen verführte und vor den Augen der Passanten begattete

(Youtube-Videos gibt es etliche), wird der Druck, sein Verhalten zu ändern, stärker. Das scheint unserem Rüpelrocker jedoch nichts auszumachen, seine neue Tour läuft schließlich blendend und die Verkaufszahlen steigen, genauso wie die Anhängerschaft.

Doch eine Frage sollte er sich wohl stellen: Was wird seine hoch angesehene und im Umweltschutz stark engagierte Mutter zu seinem Verhalten sagen?

Gibt es für ihn noch eine Rettung oder wird er so enden wie James und Elvis?«

Zutiefst vorwurfsvoll ließ sie die Zeitung sinken und ich verdrehte die Augen.

»Mum ...«, setzte ich an und stand auf, um sie gekonnt einzulullen.

»Nein, nichts Mum, Mason. Es hat sich ausgemumt!« Sie wich vor mir zurück, als ich ihr die Zeitung aus den Händen nahm, und öffnete schockiert den Mund, weil ich sie zweimal zerriss und die Fetzen über unsere Köpfe warf.

»Scheiß auf die Meinung anderer!«, sagte ich nur bestimmt, und jede andere Frau hätte jetzt gekuscht, aber nicht sie. Nicht meine Mutter. Ihre braunen Augen bohrten sich in meine. Sie presste die Lippen zusammen und dann ging's los.

»Ich wollte diese Zeitung noch lesen, Mason Anthony Hunter! Was denkst du eigentlich, wer du bist? Ein Gott? So geht das nicht weiter, mein Sohn! Ich kann mich nicht mehr auf die Straße trauen. Überall zeigen sie mit dem Finger auf mich! Dein Vater würde sich in seinem Grab umdrehen!«

»Soll er doch!«, spie ich ihr sofort entgegen und bereute es kein bisschen. »Und sollen die anderen doch auch! Ich lebe MEIN LEBEN und habe Erfolg damit, verstehst du? Ich will mich nicht anpassen und so sein wie alle anderen Spießer, damit ich innerlich genauso verfaule wie diese ganzen Idioten, die nicht wissen, was es heißt zu LEBEN, und die sich mit fünfzig fragen werden, ob es das wirklich schon gewesen sein soll. NEIN! So werde ich nicht enden!«

»Du bist genusssüchtig und überheblich«, warf sie mir an den Kopf und verschränkte die dünnen Arme vor der Brust.

»Ja und? Wer kann, der kann! Ich arbeite auch hart für meinen Genuss! Etwas, was die meisten nicht sehen!«

»Aber Mason! Man muss ein gutes Maß finden. Wenn man so exzessiv lebt wie du, muss man dazwischen auch mal ruhige Phasen einlegen. Aber du scheinst das Wort Ruhe nicht einmal zu kennen!«

»RUHE ist SCHEISSE«, trällerte ich und kramte in meiner Hosentasche, um meine Zigaretten rauszuholen. »Ruhe kann ich haben, wenn ich unter der Erde liege. Aber solange ich LEBE, will ich das auch wirklich tun!«

»Wenn du deine Gesundheit schon ruinieren musst, dann gehe wenigstens raus zum Rauchen!« Mit ihrem Monsterfingernagel zeigte sie jetzt auf die Terrasse. Ich steckte mir die Kippe zwischen die Lippen und tänzelte an ihr vorbei, ließ aber die Tür offen, denn ich wusste, die Diskussion war noch lange nicht vorbei.

Und ich behielt recht.

Sie kam mir nach und stellte sich hustend vor mich.

MANN! Dann sollte sie doch wegbleiben!

»So geht das nicht weiter!«

Ich verdrehte die Augen, denn diesen Satz hatte ich schon so beschissen oft gehört. Mit vierzehn nur am Wichsen; »So geht das nicht weiter«. Mit sechzehn nur am Klauen; »So geht das nicht weiter«. Mit achtzehn nur am Ficken; »So geht das nicht weiter«... Und doch ging es so weiter!

»Doch, tut es. Genau *so*!«, antwortete ich nonchalant und zog heftig an meinem geliebten Glimmstängel.

»Dann werde ich dich enterben!«

»WIE BITTE?« Ich war so geschockt, dass bei mir sogar schon gutes Benehmen durchkam, weshalb ich mich sofort korrigierte »WAS?«. Die Zigarette fiel mir fast aus der Hand.

Sie hatte wieder diesen mütterlichen Howgh-ich-habe-gesprochen-Blick drauf und ich wusste, dieses Mal würde sie nicht zurückschrecken.

»DAS kannst du nicht tun!«

»Ich muss nur beim Notar anrufen.«

Ich schüttelte meinen Kopf. Meine gegelte James Dean Locke wippte vor meinem Sichtfeld.

»Entweder du besserst dich oder ich ziehe meine Konsequenzen. Ich ertrage das nicht mehr.«

Und das war jetzt kein: So geht das nicht weiter. Das war eine Stufe ernster.

»Vergiss nicht, dass du in drei Monaten eine Audienz bei der Bundeskanzlerin hast. Du musst mit ihr essen und dich mit ihr unterhalten, damit sie dich für das Wohltätigkeitskonzert engagiert, was deinem und *meinem* Ruf sehr gut tun wird. Aber so, wie du jetzt bist, wirst du dich blamieren und sie eher vergraulen als beeindrucken ...«

»Du meinst, ich werde *dich* blamieren ...«, erwiderte ich, ohne nachzudenken.

»Hüte deine Zunge und verdrehe mir nicht das Wort im Mund. Wann wirst du endlich begreifen, dass deine Taten Folgen nach sich ziehen?« Ihr Blick ruhte unentwegt auf mir, ehe ich den meinen senkte.

SHIT!

»Mum«, jammerte ich, doch sie wandte sich ab und ging in ihr penibel aufgeräumtes, mit Blumen überfülltes Wohnzimmer.

»Ich habe eine Anstandsdame für dich gebucht. Sie wird morgen bei dir eintreffen.«

»WAAAAAAAAAAAAAAAS?«, brüllte ich durch die ganze Villa und JETZT fiel mir die Kippe wirklich aus der Fresse. »Das ist nicht dein Ernst! Du weißt, ich bin ein unlösbarer Fall! Du ... du könntest die Kohle genauso gut das Scheißhaus runterspülen!«

»Sie ist die Beste, Mason. Miss Banner hat sie mir empfohlen. Sie ist im ganzen Land bekannt und hat schon die härtesten Fälle geknackt. Dich wird sie auch schaffen.« Unbekümmert zupfte sie an ihrem Grünzeug rum und drehte die Blumentöpfe in die richtige Richtung, während sie weitersprach. »Du wirst dich zwar als ihr härtester Fall erweisen, aber in den drei Monaten, für die ich sie bezahlt habe, wird sie sicherlich das richtigstellen, was ich versäumt habe: Dir endlich Manieren beizubringen! Da bin ich mir sicher, mein Liebchen!« Warm und gleichzeitig reuevoll lächelte sie mich an.

Wütend verengte ich die Augen. »Ich wusste schon immer, dass du eine Sadistin bist.«

Sie lachte hell. »Das habe ich wohl an dich vererbt.«

»Das hast du wohl«, nuschelte ich vor mich hin, und sie fragte: »Wie bitte?«

»NICHTS«, winkte ich genervt ab und zündete mir eine neue Zigarette an. Ich hatte nicht vor, es dieser seltsamen Anstandsdame leicht zu machen. Sollte sie doch kommen, vielleicht sogar noch einziehen, mein Haus blieb mein Haus, denn ich war ein WAHRER MANN, der nicht einsah, vor einer Bitch zu kuschen.

»Schatz?«, fragte meine Mutter zuckersüß.

»Was?«, blaffte ich.

»Und bitte putze doch davor. Sie legt äußersten Wert auf Ordnung, sonst dreht sie in der Tür um und geht ...«

***

Einen Tag später kniete ich also wild fluchend auf dem Boden und putzte.

Ja, ich war natürlich nicht total dumm und hatte mir eine Putzfrau bestellt, aber die war so heiß gewesen, dass ich sie lieber gevögelt hatte und sie anschließend meinen Schwanz polieren musste, anstatt das Haus.

Leider hatte sie danach keine Zeit mehr und ich keine Möglichkeit kurzfristig einen Ersatz zu besorgen, also musste ich selber ran.

Megashit, war das! Aber leider unumgänglich.

Während ich also hier rumkroch wie ein Baby, wurde ich auch noch von Dom Dom und Sub Sub angeknabbert.

»Verflucht! Ich bin kein Salatblatt!«

Ich packte Dom Dom, dem ich auf seinen Panzer mit Neonfarbe das männliche Zeichen gemalt hatte, und setzte ihn in seinen Schildkrötengarten. Sub Sub, die etwas kleinere aber trotzdem mit dem weiblichen Zeichen versehene Schildkröte, nahm ich ebenfalls und brachte sie in ihr Haus. Alles, wie es sich gehörte: Mann im Garten. Frau im Haus.

Dom Dom rammte seinen Kopf gegen den weißen Zaun, der Idiot machte das ständig. Aber das Gartentor hielt stand – noch.

Die Wichsflecken, die wirklich ÜBERALL auf meinen 200 Quadratmetern verteilt waren, gingen echt schwer weg. Ich kam so richtig ins Schwitzen und als wäre das noch nicht genug, dachten meine Haustiere, dass ich hier am Boden rumkrabbelte, um ihnen Gesellschaft zu leisten. Zum Glück hatte ich ihnen ein eigenes Haus mit riesigem Anwesen und Garten in schwerer Eigenarbeit erbaut, in das ich sie verfrachten konnte, wenn sie zu aufdringlich wurden. SO! Der letzte weiße Fleck war verschwunden. Ich kam meinen schmerzenden, nackten Rücken massierend wieder auf die Beine – nur eine schwarze Jogginghose tragend. Noch einmal ging ich meine mentalen Stichpunkte durch.

Staub gesaugt hatte ich, gewischt ebenfalls. Der Küche war ich mit einem RIESEN-Müllbeutel zu Leibe gerückt ...

Jetzt musste ich nur noch Beweise verstecken. Wenn ich sie davon überzeugte, dass ich doch Anstand besaß, würde sie abdampfen und meiner Mutter erzählen, wie toll ich doch war, und dass ich diesen Termin mit dem Urtier im Nullkommanichts und absolut perfekt über die Bühne bringen würde! Das war ein genialer Plan! Also hechtete ich zu meiner ultramodernen Wohnwand und packte mir meine nicht gerade kleine Pornosammlung. Im Anschluss daran stand ich erst mal mit den Filmen in den Armen rum und überlegte, was ich mit ihnen tun sollte.

Wohin damit? Ich schaute nach links, nach rechts, nach oben, nach unten.

In die Schrankwand? Kein Platz!

»Scheiße!«, fluchte ich ungehalten und sah mich weiter um, bis mein Blick an der Couch hängen blieb!

UNTER DIE COUCH!

»HA!« Kurzerhand fiel ich auf die Knie und stopfte die anrüchigen Werke darunter. Dabei achtete ich nicht auf die nackten Frauenkörper auf den Covern, ansonsten hätte sich mein krankes Hirn nur ein bestimmtes Gesicht darauf vorgestellt ... so wie immer in den letzten Wochen, wenn ich mir Pornos angesehen hatte. Diese dummen braunen Augen verfolgten mich bis in meine Sexträume, was wirklich nicht mehr feierlich war.

Als Nächstes wanderte mein Blick zu der nackten Frauenstatue, die neben meiner schwarzen Monstercouch stand und mich verführerisch anlächelte.

»Babe, heute nicht«, raunte ich ihr zu und verfrachtete sie hinter meinen roten Vorhang.

»Sooo!« Nachdenklich rieb ich mir den Nacken und sah mich weiter nach Beweisen meines bösen, dreckigen, ungezügelten Rockerlebens um. Meine Augen verengten sich, als ich einen Stofffetzen unter meinem Chefcheckersessel entdeckte.

Als ich langsam näherkam, als würde ich mich einem wilden Tier nähern, und ihn hervorzog, stellte er sich als Spitzenslip heraus. Kurz wollte ich überlegen, wem der gehören könnte, aber ich ließ es besser sein, davon hätte ich nur Kopfschmerzen bekommen. Unter dem Sessel, auf dem ich am liebsten thronte und mich reiten ließ, fand ich noch drei weitere Höschen ... die ich schnell in meiner Hosentasche verstaute, denn wegschmeißen wollte ich sie nicht. Anschließend ließ ich mich zufrieden auf meinen Sessel fallen und zündete mir eine Zigarette an. Ich war schon weitergekommen.

Es roch sogar mal frisch und nicht so abgestanden, weil ich eine Stunde zwangsgelüftet hatte – und das im Frühling! Die angrenzende Küche glänzte, der Boden war gesaugt! Kleidung lag auch keine mehr rum, genauso wenig wie Pornos, und die Drogen auf dem Couchtisch hatte ich ebenfalls weggeräumt.

»Verflucht!« Als ich mich noch mal umsah, bemerkte ich meine Lampe auf dem Fensterbrett, die schon so normal für mich war, dass sie nicht mehr als versaut galt. Es waren zwei Titten, die von innen her leuchteten.

Mit schief gelegtem Kopf betrachtete ich sie ein paar Sekunden, zog in Denkerpose noch ein oder zwei Mal an meinem Glimmstängel, ging in die Küche, packte mir ein Geschirrtuch und schmiss es drüber. Problem gelöst. Ha!

Als Frau könnte man sich hier nun glatt wohlfühlen! Und wenn sie sich nicht wohlfühlte, aber gut aussah, dann würde ich sie schon dazu bringen, sich mehr als wohlzufühlen!

Denn das konnte ich besonders gut!

Mein Blick fiel auf meine Gitarre, die das Herzstück meiner Wohnung und auch von mir selbst darstellte. Ich nannte sie liebevoll *Honey*. Der Gitarrist von Muse hatte sie mir nach einem Konzert geschenkt, bei dem wir als Vorband für sie gespielt hatten – vor gefühlten Jahrzehnten. Durch diese Gigs waren wir weltberühmt geworden und seitdem nur noch unterwegs.

Jetzt war ich das erste Mal seit Jahren wieder zu Hause und hatte auch noch FREI.

Sanft nahm ich Honey, strich über das kühle Holz und zupfte an ein paar Saiten. Relaxed lehnte ich mich auf meinem Sessel zurück und legte einen Fuß auf mein Knie, um guten Halt für mein Babe zu haben und ließ meine Gedanken schweifen.

Während sie zu meinem letzten Konzert abdrifteten, und ich härter als Marmor wurde, begann ich zu spielen und sang leise – nur für mich …

»Oh baby, don't you know I suffer?
Oh baby, can you hear me moan?
You caught me under false pretenses,
How long before you let me go?«

Shit! Wieso konnte ich die Konturen ihres Körpers nicht vergessen, der so zerbrechlich und anziehend gewirkt hatte, als sie hilflos vor mir hing? Ihre Augen hatten mich angefleht, sie zu nehmen und ihre Seele zu erhellen, während ihr Kopf mich davon abgehalten hatte.

Ich wünschte, ich könnte ihre Gletscher zum Schmelzen bringen!

»I thought I was a fool for no one
But oh baby, I'm a fool for you
You're the Queen of the superficial
But how long before you tell the truth?«

Ich fragte mich wirklich, ob ich so eine Person wie sie jemals knacken könnte. Ob ich sie jemals dazu bringen könnte, vor sich selbst die Wahrheit zuzugeben. Ob ich jemals zu ihr durchdringen und ihr die Lust des Lebens zeigen könnte. Denn eins war sicher, sie hatte keine Ahnung, wie man lebte, wie man GENOSS! So etwas Verklemmtes wie sie war mir noch nie untergekommen. Und doch ... auf der Bühne ... als ich mit meiner Stirn an ihrer lehnte, war sie geschmolzen ... Sie hatte sich mir komplett hingegeben, sodass ich sie vor allen hätte vögeln können und sie trotzdem immer mehr gewollt hätte.

Genauso wie ich ... Ich wollte MEHR!

Aber ich wusste nicht mal ihren Namen, und ich würde sie NIE wiedersehen. Das war wirklich verflucht schade.

Nur zu gerne hätte ich sie in das Leben der Lust eingeführt ... Sie an ihre Grenzen gebracht, um einen neuen, FREIEN Menschen aus ihr zu machen, der sich nahm, was er wollte, ohne Rücksicht auf Anstand und Moral! Ohne Rücksicht auf die beschissene Gesellschaft, die sowieso nur auf einen scheißt!

Vor meinem geistigen Auge entstand das wunderbare Bild, wie sie komplett nackt und begehrenswert vor mir kniete, wie ihre blutrote Unterlippe vor Ungewissheit zitterte und ihr Atem vor Verlangen unkontrolliert ihren Lippen entwich, während ihre steifen hellbraunen Brustwarzen, die sich mir entgegenwölbten, nach meinen Fingern schrien und ihre Arme, die fest hinter ihrem Rücken gefesselt waren, bebten. Voller Begehren wanderte mein Blick von ihren blanken Schenkeln, zwischen die ich stoßen wollte, zu ihren Augen, die mich geradezu anflehten, sie aus ihrem Kokon zu befreien ... und so hart und lange zu vögeln, bis sie nicht mehr »Bitte« und »Danke« sagen konnte und aufhörte, so affektiert und überheblich zu sprechen.

»SHIT!«, fluchte ich, und mein Gitarrenspiel kam zu einem abrupten, unmelodischen Ende, denn mein Schwanz pochte fast schon schmerzhaft und verlangte nach Aufmerksamkeit.

Tja, blieb mir nur eine Möglichkeit ... Ich griff in meine Hose und umfasste ihn fest mit der Hand. War ja das Normalste der Welt. Auch wenn meine Mutter damals immer gesagt hatte: *»So geht das nicht weiter ...«*

»WÄH!« Ich fing an, mir einen runterzuholen und verdrängte ganz schnell die unliebsamen Gedanken an sie, sonst wäre meine Erregung gnadenlos abgekackt.

Stattdessen konzentrierte ich mich wieder auf diese heiße Vorlage in meinem Kopf.

Und in die versenkte ich mich mental gerade schön tief und ohne jegliches Erbarmen, während ihre Titten wackelten... als es plötzlich an der Tür klingelte ...

CUT!

Wir haben ein Datum!

Der Rest von »Rock oder Liebe« erscheint am 01.09.2015 Ladies!

Was denkt ihr, wer jetzt in vollem Anstandsdamen-Modus vor der Tür steht? Hihihihi …

Ich hoffe dieses Special hat euch genauso gefallen, wie das erste Immer wieder – Special. Mia und Tristan haben jetzt endlich ihren Fick-Frieden gefunden. Nichts anderes haben sie verdient. Ich habe geliebt, diese Hochzeit zu schreiben und ihnen (und auch euch) das zu geben, was sie verdienen!

Wie fandet ihr die Hochzeit?

Wie auch immer:

Danke an Bella!!!!!!!

Danke an den A.P.P. Verlag! (ANKE UND PETA)

Danke an Mandy!

Danke an mein Babels-Baby!

Danke an Mel!

Danke für eure Aufmerksamkeit und eure endlose Treue Mista Wrangler und Mia-Baby gegenüber!

Isch liebe euch!

Eure Don Both

Printed in Great Britain
by Amazon

45188956R00102